Opal
オパール文庫

崖っぷち若女将、このたびライバル旅館の息子と婚約いたしました。

東 万里央

プランタン出版

※本作品の内容はすべてフィクションです。

第一章「花婿募集をしたら同業他社の社長が応募してきた件」

近頃の熱海《あたみ》駅は平日でも観光客で混み合っている。特に昼時ともなると飲食店目当ての地元民も合わさって、駅一帯が相当賑やかになる。

その中を一陣の涼風のように美女が通り過ぎていく。

すれ違った通行人がはっとし、思わず視線で美女を追った。

青磁色の江戸小紋氷割りの着物に銀糸の織り込まれた生成りの帯。丁寧に結い上げた黒髪は氷翡翠のあしらわれた簪《かんざし》で丁寧にまとめられている。

年の頃は二十代半ばから後半だろうか。若い娘らしさの残り香と成熟しつつある女らしさが相まって、少年から老人まであとあらゆる年代の男性を魅了する。

観光客の若い娘も美女の粋な着物姿とすっと伸びた背筋、優雅に人混みを縫って歩くさまに目を輝かせた。

「今通り過ぎた人、すっごく綺麗じゃなかった?」

「思った、思った! 大和撫子って感じだよね。熱海の観光ポスターとかに出ていそう。ほら、美人若女将ってイメージで」

「あっ、すごくそれっぽい!」

美女は改札前に辿り着くと、手にしていたバッグからスマホを取り出した。自動改札機にタッチしようとした途端その手が止まり、黒い瞳がそこを出てきた一人に向けられる。

視線の先にはスーツ姿の青年がいた。同じくその場に立ち尽くし、驚いたような表情で美女を凝視している。

この青年は大和撫子な美女とは対照的で、整えられたライトブラウンのくせのない髪と、同じ色の目が現代的でクールな印象である。日本人にしては随分と背が高く足も長い。

スタイルの良さと端整な顔立ちのせいか、ファッション雑誌からたった今抜け出してきたモデルのように見えた。

美女の視線と青年の視線が宙で交差する。端から見ればそれは美男美女が惹かれ合い、見つめ合う美しい光景だった。

しかし——。

「あら、日高《ひだか》、久しぶりね。三ヶ月ぶりかしら」

「……大月《おおつき》、お前はどうして駅なんかに」

「あなたに理由を説明する義務はないわ」

ここで会ったが百年目と言わんばかりに会話のしょっぱなから険悪である。

青年は美女が着物姿であるのに気付き、「随分めかしこんでいるな」とからかうような口調になった。

「まさかデート？　それとも見合いか？」

しかし美女はけんもほろろの態度である。

「その質問にも答える義務はないわ」

初夏だというのに辺りの気温まで急降下しそうな冷たい声である。視線も異様に冷たく雪女に睨まれている心境になる。

「日高旅館の長男ともあろう男が東京《とうきょう》に行ったら随分俗っぽくなったわね。他人のプライベートについて質問するのはセクハラよ」

もっともな指摘だった。

しかし、青年は余裕の姿勢を崩さない。

「そんなにムキになるって図星か？」

「……！」

まさに一触即発となったその時、改札を通り抜けてきた老人二人が「ちょっと失礼」と二人の間に割って入った。

「お二人さん、痴話喧嘩はこんなところでするもんじゃないよ。通行人の邪魔になる」

美女と青年は同時に我に返り、「申し訳ございません！」とやはり同時に謝った。

それぞれぷいと顔を背け、美女は改札を潜り抜け、青年は身を翻して改札から離れる。

老人の一人が「んん？」と首を傾げ、振り返って遠ざかる美女の背を眺める。

「ありゃあ月乃屋《つきのや》の女将じゃないか」

「ん？　なんだい。キーさん、さっきのべっぴんさんを知っているのかい」

「ああ。儂の女房が昔月乃屋で仲居をやっていてねえ。ということは、男の方は日高旅館の倅か。相変わらず犬猿の仲だねえ」

「あっ、月乃屋と日高旅館の噂は聞いたことがあるよ。そうか。あの二人がねえ」

熱海の旅館やホテルの経営関係者には有名な話だった。

月乃屋と日高旅館はともに熱海の老舗旅館である。いずれも江戸時代に創業し、月乃屋は代々大月家が、日高旅館は日高家が家業として運営している。

ところがこの大月家と日高家、いつの頃からかは不確かだが、代々互いをライバル視し、当主同士は長年犬猿の仲だったのだ。

他にもライバルの旅館やホテルはいくらでもあるのに、なぜか双方しか目に入っていないらしく、売り上げからサービスの内容までありとあらゆる点で競い合っていた。

「どうしてまたそんなことになったんだい」

「さあ。何せ江戸時代かららしいからねえ」

実に三百年近くに亘る因縁である。ここまで来るといがみ合いも歴史の一部だ。

「と言っても、日高旅館の倅はもう家を出て上京したらしいが」

「なんだい。後を継がなかったのかい？」

「それがねえ、東京で社長をやっているそうだよ」

「はあ、社長!?」

東京の大学を卒業したのち、母方の親族が経営する海陽館《かいようかん》ホールディングスに入社。海陽館ホールディングスはホテル事業、レストラン事業、不動産開発事業や不動産賃貸、管理事業を展開する企業だ。

耀一朗《よういちろう》は二十代にもかかわらずトントン拍子で出世。更に独身で跡取りのいない社長に気に入られ、会社を譲られることになったとか。

「社長じゃ辞めるわけにもいかんだろう。じゃあ、日高旅館はどうなるんだい」

「妹がいると聞いているから、そっちが婿を取って女将になるんじゃないかね」

老人二人はそれではと顔を見合わせた。

「もう日高旅館の経営には関わっていないのか。独立したんならいがみ合うこともないいんじゃないか」

「まあ、今更止めようがないいんだろうな」

キーさんと呼ばれた老人は肩を竦めた。

「若い者同士仲良くしてほしいもんだけどねえ。ほら、最近はそういう気遣いもお節介だのセクハラだのと嫌がられる世の中だからねえ」

「まったく、人間関係までつまらなくなっていくねえ。儂らの時代には若い男女がいればそれだけで恋に落ちたものだけど」

すでに改札内に姿を消した美女——大月菖蒲《あやめ》にその嘆きは届きようもなかった。

物理的に声が聞こえない距離になっていたからだけではない。先ほど日高耀一朗と遭遇したことで、早鐘を打つ心臓の鼓動を宥めるのに必死だったからだ。

(日高ったらよりによってどうして今日熱海に帰ってきたの!)

そして、なぜよりによって駅で出くわす羽目になるのだ。今日は銀行に融資の相談に行く日なのに。いつも以上にしっかりしなくてはいけない日なのに。

(いくら好きな人に会ったからって情けない。それに、またあんな憎まれ口叩いちゃって……)

菖蒲は溜め息を吐いてホームのベンチに腰を下ろした。

(融資の相談、うまくいくかしら)

前もって事業計画書をメールで送っているので、向こうもある程度は答えが出ているだろう。

(また断られたらどうしよう……)

芯の強そうな黒い瞳が揺れる。菖蒲は膝の上で両の拳をぎゅっと握り締めた。

＊＊＊

菖蒲と別れた耀一朗は駅前でタクシーに乗り込み、一見クールな顔と声で運転手に告げた。

「料亭の高波《たかなみ》まで」

「はい、かしこまりました」

今日は老舗料亭高波との業務提携の交渉のアポイントがある。

なのに、よりによって菖蒲に遭遇し、すっかり調子が狂っていた。

それにしてもと長い足を組んで脳裏に菖蒲を思い浮かべる。

(くそっ、なんなんだあの着物姿！　似合いすぎて反則だろう！)

あのあとつい振り返って菖蒲の後ろ姿を見つめてしまったが、黒髪と対照的なうなじの白さが忘れられない。

自分だけではなく通りすがりの男全員が菖蒲に目を奪われていた。

着物が珍しいのもあるが、菖蒲が物語から抜け出してきたような風情ある美女だからだ。

（電車なんかに乗るなよ……他の男の目に晒されるだろ。いっそ窓なんてない護送車で送り迎えしてもらえ。俺以外にあんな姿を見せるんじゃない！）

もちろん、自分にそんな権利がないことくらいはわかっている。菖蒲は代々商売仇の一族の当主である上に、本人から嫌われていることも知っている。

だが、嫉妬せずにはいられなかった。

（駅にいたってことは今からどこかに行くんだよな。やっぱり男とデートか？　それとも本当に見合いか？）

胸の奥がチリチリ焼け焦げそうに熱い。

耀一朗はいくら家同士が天敵だろうが、菖蒲に嫌われていようが、叶わぬ恋だろうが諦められなかった。

高校時代に恋に落ちて以来ずっと気にかかっていて、こうして顔を合わせるたびに気持ちを再確認してしまう。

家同士の仲が悪かったので、親への気遣いもあって告白できなかったが、やはり他の男にかっ攫われるのを指を咥えて見ているなどできそうにない。

どうせ日高旅館とはすでに縁遠くなっているのだ。ならばもう遠慮は不要だ。

「……よし」

懐からスマホを取り出しスケジュールを確認する。続いて月乃屋のウェブサイトを検索して開いた。

＊＊＊

（やっぱりダメだった……）

菖蒲はがっくりと肩を落とし、一人銀行の自動ドアを潜った。日傘を差してトボトボと歩き出す。

薄々察していたが案の定融資はできないと断られてしまった。

担当者の言葉が脳裏を過る。

『月乃屋さんが経営努力を重ねていることは存じておりますし、歴史の長さもサービスのよさも把握しております。しかし、この事業計画書だけで小百合《さゆり》さんの穴は埋められませんよ。一度専門のコンサルタントに診断を依頼してはいかがでしょうか？』

「……」

日傘の柄を持つ手に力がこもる。

菖蒲の母の小百合は長い月乃屋の歴史でも、屈指のカリスマにして名女将と呼ばれていた。

そして現在の苦境の原因は担当者の言っていた通り、三年前その小百合が突然脳溢血で死んでしまったからである。

あの時の衝撃は忘れられない。朝は元気に働いていた母が昼に倒れ、夜には冷たくなって病院のベッドに横たわっていたのだから。

悲しみに浸る間もなく葬儀や相続の手続きに追われ、そのまま月乃屋の新たな女将となり、ようやく泣く時間ができたのは四十九日後のことだった。

それでも明日も仕事だから目が赤くなってはいけないと、必死になって涙を堪えたのを覚えている。

菖蒲とは対照的に恋女房を亡くしたショックからか、父の幹比古《みきひこ》はがっくり気落ちし仕事どころではなくなっていた。持病の悪化もあって現在は入院中だ。

幹比古だけではない。菖蒲には悪いがそろそろ年なのでこれをきっかけに……と、長年月乃屋に勤めてくれたベテランの仲居や料理人が退職し、人手不足で来客に対応しきれずにいる。

結果ピーク時と比べて売り上げが半分近く落ちており、営業利益は三千万程度の赤字に転落してしまった。

このままでは返済原資を作ることすらままならない。

菖蒲はこの現状をすべて自分の責任だと捉えていた。

月乃屋で女将見習いとして小百合を手伝うかたわら、大学で最新の経営学を学んでいたのに、ちっとも役に立っていないと焦ってもいる。

これでは女将とは言えない。半人前の若女将のままだ。

(どうしよう。こんな状況じゃあの不動産屋に売らなきゃいけなくなる)

半年前、月乃屋の苦境をどこで知ったのか、東京の不動産屋が買収を持ち掛けてきた。なんと月乃屋を買い取ったあと、大衆向けのスーパー銭湯に改築するのだという。

菖蒲を東京に呼びつけたでっぷり太った社長は冬にもかかわらず、暑そうに扇子をパタパタしながらこうのたまった。

『悪い話ではないと思うんだよねえ。君だって女だてらに旅館経営なんて本当は面倒くさいんじゃないのかい。こっちが有効活用してあげるから意地張りなさんな。勤め先に困るって言うんなら世話してあげるからさ。君、二十七歳だっけ？　女が一番色っぽい年だよねえ』

挙げ句、菖蒲の手を握って擦ったのだ。

帰りに駅のトイレで何度手を洗ったことか。

あんなセクハラマシュマロマンに月乃屋を蹂躙されるなど冗談ではなかった。

(面倒くさくなんてないわ。私は月乃屋のために生きてきたのよ)

幼い頃より小百合と幹比古に教育されてきたからだけではない。

菖蒲は月乃屋をこよなく愛していた。誇りにしていた。

長年の歴史も、江戸時代の面影を残した和風の旅館も、源泉掛け流しの温泉もすべてを愛していた。月乃屋は菖蒲の一部になっており、失うことなど考えられなかった。

(でも、どうすればいいの。月乃屋を維持するためには……)

駅前に到着したところでバッグの中からスマホの着信音が鳴り響く。画面には幹比古の入院先の病院名が表示されていた。

慌ててバーをスライドさせ耳に当てる。

『もしもし、小田熱海《おだあたみ》病院の看護師の中村《なかむら》と申しますが』

「父に何かあったんですか⁉」

『はい。実は院内で転倒し骨折してしまいまして』

階段から転がり落ち右腕を折ったのだとか。命に別状はないものの、一度来院して新たな治療の手続きをしてほしいと言う。

「わかりました。すぐに参ります!」

菖蒲はスマホを仕舞うと、すぐに手を上げタクシーを止めた。


父の幹比古は今年で七十歳になる。

菖蒲は入り婿の幹比古と亡き母小百合が四十三歳と四十歳の頃に生まれた一人娘だ。

二人は次期女将として菖蒲を厳しく育てたが、深い愛情を注いでもくれた尊敬すべき両親だった。

それだけに、連れ合いを亡くし弱った幹比古を見るのは菖蒲も辛かった。

「お父さん」

菖蒲が一人部屋の病室に入ると、横たわっていた幹比古がゆっくりと顔を上げた。

「おお、菖蒲か。中村さんが連絡したのか？　いいって言ったのになあ」

「いいわけないでしょう」

返事をしながらもほっとする。

幹比古は右腕にギプスこそはめているが、思ったよりは元気そうだったからだ。

「しかしなあ、もうすぐ退院だったのに情けない。これじゃ月乃屋に戻ってもろくに働けないぞ」

「月乃屋のことは私に任せて、治すことに集中してよ」

それにしても、持病に続いて骨折とは、幹比古も老人なのだと実感せざるを得ない。

本来ならもう引退している年なのにいまだに月乃屋を気にするのは、一人娘の自分が未熟なせいだと思うと申し訳なく情けなかった。

大昔の時代劇では病身の父親と娘がよく「いつもすまないねえ」「おとっつぁん、それは言わない約束でしょ」などという遣り取りをしているが、むしろこちらが謝りたい心境である。

そんな菖蒲の心境を感じ取ったのだろうか。幹比古が「なあ、菖蒲」とかたわらの椅子に腰を下ろした娘を見上げた。

「どうしたの？　何かほしい？　なんでも言って」

「……菖蒲、辛ければ月乃屋を手放してもいいんだぞ。経営、厳しいんだろう」

一瞬、呼吸と心臓が止まりそうになった。

「お父さん、何を言って……」

「俺も小百合も跡継ぎだからとお前に月乃屋の女将以外の道を許さなかったが、最近それは間違いだったんじゃないかって思えてきてな……。普通の家に生まれていればこんな苦労はさせなかったんじゃないかって」

「もう、冗談は止めてよ」

菖蒲は茶化して話を終えようとしたが、幹比古は伏せっていても話を終わらせようとはしなかった。

「菖蒲、なんでも言ってというなら一つだけほしいものがある。……死ぬ前にお前の花嫁姿を見たい」

この懇願には菖蒲も絶句した。

「お前、月乃屋のことばかりやってきて、彼氏の一人もいなかっただろう？　せっかく縁談を持ち込まれても入り婿じゃなきゃ駄目だって俺や母さんが断って……」

幹比古は掛け布団を握り締めた。

「本当に悪いことをした。お前の人生を台無しにしてしまった」

菖蒲は両親に不幸にされたなどとはまったく思っていなかった。

たとえそうだったとして、もうとっくに二十歳を超えているのだ。嫌だったらとっとと逃げ出している。

「ねえ、何か誤解していない？　私は月乃屋が大好きだから女将になったんだよ？　それに死ぬだなんて言わないでよ。七十くらい今時若いのに」

「こんなに頭が真っ白なのにか？　そんなことはどうでもいい。月乃屋のことももう……。俺が今一番心配なのはお前が独りぼっちになることだ」

自分が病気がちで未来が見えないのもあるが、菖蒲が自分の細腕だけで月乃屋を支えようとして、たった一度の人生を潰してしまいやしないか心配なのだと。

「俺のためを思うなら、別に入り婿じゃなくてもいいからいい男を見つけて結婚してくれ。そっちの方がよっぽど親孝行――」

幹比古はそこで突然咳き込み口に拳を当てた。

「お、お父さん！　ナースコール……」

「……そこまでじゃない」

どうにか咳を抑えて大きく深呼吸をする。折れた右腕に響いたのだろうか。幹比古は顔色を悪くしながら「頼む」と訴えた。

「俺の知り合いにも頼んでおくから、とにかく見合いをしてみろ。気に入らなければ断ればいいから。お前くらいの美人なら男はいくらでも群がってくるだろう」

「で、でも……」

脳裏に昼間改札前で遭遇した耀一朗の顔が思い浮かぶ。

高校時代に恋に落ちて以来ずっと彼だけを想ってきた。家同士が犬猿の仲なのもあって好意を伝えることはできないし、そもそも好かれていないと知っていたから告白などでも有り得なかった。

それでも、二十七年の人生で恋に落ちたのは耀一朗だけだ。今更見合いで結婚などできるのだろうか。

だが、幹比古と月乃屋のためなら――。

「わかったわ……」

菖蒲はぐっと拳を握り締めた。

月乃屋のない人生など考えられない。なら、自分の恋心は封印すべきだ。女将としてそれくらいの覚悟はしなければ。

誰もが吸い込まれそうなほど魅惑的な黒い瞳に闘志の炎が燃え上がる。

「お父さん、私必ず月乃屋の役に立つ婿を見つけるわ」

「い、いや菖蒲、俺はお前が幸せになれるのなら……」

「こうなれば早速組合の理事長に相談しなくちゃ！」

菖蒲は一度こうと決めると意志を曲げず、とことん努力するタイプだった。なお、それは頑固とも言う。


熱海には著名な旅館やホテルが構成員となっている協同組合がある。

月乃屋もその一員であり、亡き母の小百合は理事長と仲が良かった。

そのコネを利用して結婚相手を探そうとしたのだが――。

融資を断られて一週間後の日曜日、菖蒲はテーブルを挟んで理事長と向かい合っていた。

観光客でごった返す平和通り商店街を見下ろす、昭和レトロな喫茶店内はもうエアコンがフルでかかっている。

菖蒲は変わり七宝柄があしらわれた白藤色の紋紗の着物に、月白色の幾何学模様の名古屋帯を合わせ、少しばかり暑い季節によく似合う装いをしていた。

一方、理事長は半袖シャツにスラックスと、この年代の男性にありがちな服装だった。

着物美女と六十代の男性との不自然な組み合わせは、どうにも店内の観光客にあらぬ疑惑を抱かせてしまう。

「ねえ、あそこにいる着物の女の人とおじさん、一体どんな関係なんだろう」

「もしかしてパパ活？」

「不倫カップルじゃないよね……」

そう噂されているとはつゆ知らず、菖蒲と理事長は今後の縁談について話し合っていた。

理事長がおしぼりで額の汗を拭く。

「もちろん、菖蒲ちゃんのお願いというのなら何人でも紹介するよ。でもねえ……」

「でも、なんでしょうか？」

理事長の人のよさそうな顔からまた汗が流れ落ちる。

「結婚は月乃屋と切り離して考えた方がいいと思うんだよねえ。ほら、菖蒲ちゃんはせっかく美人なんだからさ」

どうも月乃屋の苦境はすでに知れ渡っているらしい。いくら老舗とはいえ、潰れる寸前の旅館に婿入りするような物好きはいないと言いたいのだろう。

「経営はもうどこかに任せてみたらどうかな」

「……やってみないとわかりません」

菖蒲は低い声で呟いた。

的に矢を当てるにはまず弓を引かねばならない。何もしていないのに諦めてどうすると負けず嫌い根性が騒いだ。

「旅館やホテル関係の仕事の方なら職種を問いません。なんだったら年齢だってうんと離れていても。五十歳までならなんとか」

「いやいや、いくらなんでもそんなに自分を安く売るものじゃないよ」

理事長はふーっと溜め息を吐いた。

「うんうん、わかったよ。とりあえず探してみるけど、本当にその条件ならどんな男でもいいのかな?」

「はい」

菖蒲は力強く頷いた。

＊＊＊

耀一朗は氷の溶けかかったアイスコーヒーを前に愕然としていた。

先ほど店を出て行った理事長と菖蒲は、男を紹介するだの結婚だのそんな話をしていなかったか。

今日も料亭高波との打ち合わせのために熱海を訪れ、アポイントの時間まで暇つぶしに喫茶店に入った。そこでまさかまた菖蒲に遭遇する羽目になるとは思わなかった。

もっとも、菖蒲はこちらには気付いていなかったが。

しかし、たった一人着物かつ美女で目立ちまくっていたので、耀一朗は入店してすぐにそうとわかり、気付かれないようさり気なく空席を一つ挟んだ席を選んで腰を下ろした。

何せ協同組合の理事長とわざわざ二人きりで会い、熱心に何か話し合っているのだから気にならないはずがない。

耀一朗も日高旅館にいた頃には理事長に世話になっていたのだ。

向かい席の秘書の瀬木《せぎ》が手帳を手に今日の打ち合わせの内容を確認する。

「会席料理の経験のある料理人を三名雇用してほしいとのことでしたが――」

「おい、もうちょっと小声で話してくれ」

耀一朗は声を潜めて言う。

「……」

瀬木は片眉をわずかに動かし、すぐに「かしこまりました」と頷いた。耀一朗に合わせて声を潜める。

「私の二つ後ろの席にいる女性に聞こえなければよろしいのですね」

さすが仕事のできる秘書。社長の意図をすぐに汲み取ったらしい。

「社長が女性に関心を持つのは珍しいですね」

「俺も男だからな」

いずれにせよ、今は高波との件に集中せねばならない。

「もう一度確認を頼む」

「かしこまりました」

耀一朗は瀬木の声を聞きながら、自分以外の男と結婚などさせるものかと闘志を燃やした。

今回は仕事で熱海に来ているが、実は妹の日和《ひより》の相談に乗るため、また母千晴《ちはる》の様子をうかがうのもあって毎月熱海を訪れている。

そして、毎度とは言わないが、数回に一回は菖蒲と出くわしている気がする。

これは先祖の因縁か、あるいは腐れ縁か、はたまた運命なのか――。

(なら、運命にしてやる)

鋭い視線を窓の外に向ける。

まず菖蒲の現状を把握する必要がある。一度理事長に接触を図らねばならなかった。

＊＊＊

喫茶店での打ち合わせから一ヶ月後、七月に入りいよいよ本格的な夏を迎えつつある頃。

さすがは理事長、すぐに条件に当てはまる男性を三人紹介してくれ、菖蒲は一週間置きに見合いをすることになった。

二十代半ばから四十代まで年齢層は幅広いが、皆旅館、ないしはホテル勤務経験者だ。

しかし、全員との見合いが終わった八月上旬。

菖蒲はスマホを手に月乃屋の厨房前の廊下に立ち尽くし、顔を青ざめさせながら理事長からの電話を聞いていた。

(……また断られた)

一人くらいはと思っていたのにまさかの全敗である。

しかも、三人ともに同じ理由で断られていた。

理事長からはこう説明された。

『菖蒲ちゃんかい？　あの、うーん、言い辛いんだけど、吉田《よしだ》さんからお断りの連絡が来てね』

もう大体の内容がわかっているのが悲しかった。

『菖蒲ちゃん自身にはすごく好感を抱いたんだけど、やっぱり老舗旅館の女将とビジネスホテルの一従業員に過ぎない自分とでは釣り合わないってね』

理事長は言葉を濁しているが以前指摘された通り、経営難の旅館への婿入りは重荷ということなのだろう。

世の中の厳しさを思い知り溜め息を吐く。

『あのー、それでね菖蒲ちゃん』

理事長が遠慮がちに話を続けた。

『前の三人は残念だったけど、一人会ってみたいって人が出てきてね』

「えっ」

一体どんな物好きだろうと思ったものの、ありがたいには違いない。

「どんな方ですか？」

『年齢は二十八歳で一つ上だけど学年は菖蒲ちゃんと同じだね。東京でホテル経営の会社に勤めているそうだよ』

「私も是非お会いしたいです。お願いします」

『そうか。良かった。お見合いをセッティングするにあたってだけど、一つ条件があるんだ』

「条件？」

『実はね、その人お見合いの前に菖蒲ちゃんの旅館に泊まってみたいそうなんだよ。終わるまでは身元を明かしたくないってね』

随分変わった要求だったが菖蒲にはすぐにピンと来た。

ミステリーショッパー、覆面調査員の手法だ。

一般客に紛れて対象の店を利用。店側に気付かれないようサービスや接客のクオリティ、店の様子などについて実態調査を行う。

その目的は顧客目線での評価を業務改善に役立てることである。

「……月乃屋がどんな旅館かを品定めしたいんですね」

婿入りに値するかどうかを検討するつもりだ。

相手の本気を感じてスマホを握る手に力がこもった。

『みたいだね。どう？　受ける？』

「もちろんです」

菖蒲は力強く頷いた。

提供するサービスや料理には自信がある。月乃屋はまだまだ健在なのだとアピールし、是非婿入りして仕事を手伝ってほしかった。

ミステリーショッパーは通常いつ来るかわからないし、名前も性別も年齢も明かされない。

今回は年齢と男性ということだけはわかっているが、月乃屋の顧客の半数は男性で、二十代ももちろんいる。見合い相手が誰なのか判別がつくはずもなかった。

それゆえに調査終了までは気を抜けなくなる。

（いつも通りに接客をすればいいのよ。サービスの質だけはどこにも負けないわ）

菖蒲はその日の午後も帯締めをきゅっと締め、客を迎えに玄関に向かった。途中、仲居の一人に声をかけられる。なぜか話しにくそうだった。

「あのう女将さん……。その、今朝一名様で当日予約が入ったんです。三泊の連泊で」

「あら、そうだったんですか。青島《あおしま》さんが担当でしょうか？」

「はい……」

昨日キャンセルが一件あったので、そこに割り当てる形になったのだという。

「キャンセルって露天風呂付きの……十六夜の間でしたね」

十二畳半の和室で露天風呂を含むと六十四平米ある客室だ。壁一面の窓と露天風呂からは熱海の青々とした凪いだ海を眺められる。

「お客様のお名前は？」

「日高耀一朗様でして……」

一瞬、世界の時が止まった。

「ひだか……よういちろう？　って日高旅館の!?」

「は、はい」

仲居が言い辛いはずだ。

一体なぜよりによって耀一朗が月乃屋に宿泊するのか。片思いの相手が来てくれて嬉しいというよりも、さすがに一体何が目的なのかと訝しむ。

(ううん、動揺しちゃいけない。どんなお客様にも最高のおもてなしをする。そのポリシーを守るだけ)

菖蒲は顔を上げて仲居に告げた。

「担当は私に交代してください。チェックインは何時の予定ですか？」

「ご、午後五時です。お夕食は七時からで」

長年のライバルの息子でも好きな男性でもなく、月乃屋の一人の客として扱うのだ。

菖蒲はしゃんと背を伸ばすと、腕時計の針が三時を指したのを確かめ、慣れ親しんだ戦場に向かった。


耀一朗が月乃屋にやって来たのは予定より少々早い午後四時半。

菖蒲は気持ちを切り替えてロビーに出向いた。すでに従業員の男性が耀一朗からキャリーケースを受け取っている。

その姿を見て菖蒲は目を瞬かせた。

以前はスーツ姿だったが今日はプライベートモードなのか、白いTシャツにブラックの開襟シャツを羽織り、ベージュのパンツで長い足を包んでいる。

どうということもない服装なのに、耀一朗が身に纏うと洗練されて見えた。いかにも都会の男という雰囲気である。

「～～っ」

心の中で頬を押さえる。

（スーツも似合っていたけど、カジュアルな服装も素敵！　絶対に女の子が放っておかない）

我に返り姿勢を正す。

（……何を浮かれているの。そうよ。あんなにカッコいいんだから、きっと彼女の一人や二人や三人いるに決まっているじゃない）

菖蒲がその場に立ち竦んでいる間に耀一朗は従業員に案内され、ロビーの一人がけのソファに腰を下ろした。ライトブラウン色の双眸を窓に向けて細める。

ロビーは壁一面が窓で外の景色を眺められる。

客には客室に案内するまでそこで小休憩してもらい、ウェルカムドリンクをサービスすることになっていた。

菖蒲はすうと息を吸って吐いた。

真っ直ぐに、だが優雅に耀一朗のもとに向かう。

「いらっしゃいませ日高様」

耀一朗ははっとした顔で菖蒲を見上げた。ライトブラウンの目がわずかに見開かれる。

「遠いところからお越しいただきありがとうございます。当館ではウェルカムドリンクをご用意しております。こちらのメニューからお選びください」

「……」

耀一朗は菖蒲がメニューを差し出したにもかかわらず受け取ろうとしない。

じいっと見つめられると菖蒲も照れ臭くなるより決まりが悪くなった。

(顔に何かついている?)

あとで確かめなければならない。

「あのう、日高様……」

耀一朗はようやくはっと我に返り「じゃあ、緑茶をアイスで」と頼んだ。

「かしこまりました。少々お待ちくださいませ」

グラスに入れたアイス緑茶をテーブルに置き、館内施設について案内する。

「月乃屋はこの通り海を望む温泉旅館です。ロビーだけではなく大浴場、各お部屋すべてがオーシャンビュー仕様なので、どうぞ朝、昼、夕方と表情の変わる海の景色を堪能してくださいませ」

またなんの反応もない。

「で、では、お茶が終わる頃にお声をおかけし、お部屋にご案内いたします……」

菖蒲はその場を離れるとすぐに従業員用トイレにすっ飛んでいった。

慌てて鏡を覗き込んだのだが、顔には何もついていないどころか、髪一筋も乱れていないしメイクもばっちり。接客用の着物である藍色に蔦柄の小紋もしゃんと着こなしている。

(大丈夫……よね)

これまでの耀一朗の態度からして、身なりに注意すべき点があれば必ず口にするはずだ。

（なら、どうしてあんなにジロジロ見ていたのかしら）

首を傾げつつロビーに戻ると、ちょうど耀一朗がドリンクを飲み干し、ソファから立ち上がったところだった。

「それではお部屋にご案内しますね。お荷物はすでにお部屋に」

微笑みを浮かべ先導する。

耀一朗は大人しくあとをついてきた。

十六夜の間は二階にある広々とした和室だ。

ほんのりい草の香りのする畳の踏み心地がよく、床の間には竹細工の一輪挿しと若手の書道家の手による掛け軸がかけられている。

もちろん、旅館には欠かせない広縁もあった。無理に観光地に行かず、一日ここからぼんやり海を眺めて帰る客も多い。

耀一朗は室内をぐるりと見回すと、早速座布団に腰を下ろした。座卓の上に置いてあった冊子を手に取る。

「これは？」

「室内でご利用いただけるお飲み物、軽食のメニューです。フロントにお電話いただけましたらお持ちいたします。また、こちらの革表紙のお料理のメニューはオプションとなっております」

にっこりと微笑んでみせるとまた耀一朗の反応が消えた。

しかし、もういちいち気にしていられない。

「日高様の夕食のご予約は午後七時からこちらのお部屋でとなっているので、五時半までにフロントにご連絡いただければ、追加でご用意できますのでよろしければ」

いつも通り真心を込めた完璧なおもてなしをと心がけていたせいか、自然に丁寧に接客をすることができた。ほっとしつつ「それでは失礼致します」と引っ込みほうと溜め息を吐く。

今日から三泊気が抜けなかった。

＊＊＊

耀一朗は菖蒲がドアを閉めるのと同時に、座卓に肘を突いて頭を抱えた。

「……なんてこった」

菖蒲は水色やピンク、オフホワイトなどの明るい色が似合うと思っていたが、今日着ていた藍色の小紋もよく似合っていた。

和風美人のしっとりとした色気を引き立てており、つい目が離せなくなってしまった。

（あんな格好で接客だと？　男に絡まれやしないのか？）

菖蒲は幼い頃から女将になるべく教育されてきたのだ。軽くいなすだろうとは思うものの心配である。

「くそっ」

耀一朗は苛立たしげに髪を掻き上げ、今は煩悩は捨てろと自分に言い聞かせた。ビジネスケースからノートパソコンを取り出し月乃屋のデータを確認する。

——半月前協同組合の理事長に連絡を取り、菖蒲の現状について問い質した。

理事長は当初事情を明かすのを渋った。妙齢の女性のプライベートだからと。

『ほら今個人情報保護なんちゃらかんちゃらとか色んな法律あるでしょ。いくら耀一朗君でもちょっとねえ』

そこで『見合い相手を探しているんでしょう?』とカマをかけたのだ。

すると理事長は『どうして知っているんだい!?』と驚き、渋々月乃屋の苦境と菖蒲の父・幹比古が入院していること、菖蒲が事態を打開するために結婚を望んでいることを教えてくれたのだ。

そして、条件を聞いてみて驚いてこう口にした。

『……その条件、俺にピッタリでは?』

現在旅館やホテル関係の仕事についているどころか社長である上に、実家が同じ老舗の温泉旅館である。更にその実家を立て直した経験もあった。

そのせいでもともと悪かった母との折り合いが更に悪くなり、最終的に実家を出ていくことになったのだが――。

『大月に俺を紹介してみてください』

『い、いや、でもね』

『旅館の立て直しには自信があります。そちらについても問題ございません』

理事長は電話の向こうで戸惑っているようだった。

『だけど、耀一朗君って日高家出身……』

『もうとっくに独立しています。だから問題ありません』

『そういうことじゃなくてね。君たち犬猿の仲じゃなかったの？ ……あっ、もしかして』

理事長の口調が一変する。頭が光るさまとニヤニヤ笑いが見えるようだった。

『わかった。あれだあれ。君ってもしかしてツンデレってやつ？ 好きなんだけど意地張っちゃうみたいな』

『……』

沈黙を肯定と受け取ったのだろう。理事長は俄然張り切り始めた。

『な～んだなんだ、そういうことだったの！ い～や～、もう甘酸っぱいねえあっはっは！　そういうことならおじさん協力しちゃう！　仲人やるのだ～い好きだから結婚決まったら教えてね！』

耀一朗は理事長のキャハハ笑いを脳裏から掻き消すと、顎に手を当てノートパソコンの画面を見つめた。「ポテンシャルは十分なんだよな」と呟く。

以前日高旅館を立て直した経験が生きるはずだった。

（……普通に見合いを申し込んでも絶対に断られる）

何せ日高家と大月家は三百年に亘るライバルである。菖蒲本人にもあれだけツンツンされているのだから脈はないだろう。

つまり、条件はその辺の男よりもはるかに悪い。

圧倒的に不利なハンデを覆し、菖蒲に婿入りを承諾させるためには、自分でなければならない理由を提示する必要があった。

そのために理事長を巻き込んで今回の計画を立てたのだ。

ライトブラウンの双眸がギラリと光る。

「……やってやろうじゃないか」

十年間の片思い、実らさでおくものかと闘志を滾らせた。

＊＊＊

早いもので今日が耀一朗の最終宿泊日である。

ようやく緊張感のある日々が終わる。ほっとするよりも寂しくなった。

耀一朗は現在東京でホテル経営に携わっているはずだ。今回の帰省終了後にはまた東京に戻るのだろう。

ただでさえ会いにくいのにまた当分顔を見られない。

そう思うとデザートのシャインマスカットとクリーム団子を運ぶ足が止まった。

(……何を考えているの。私は女将でこれは仕事。しっかりしなさい)

十六夜の間のドアをノックし、一礼して座卓にデザートを並べる。

「お食事はこちらで終了となります。お皿の片付けは九時を予定しておりますが、終わり次第ということでしたらフロントにお電話を――」

「――話がある。敬語はもういいから」

耀一朗は菖蒲に真っ直ぐに目を向けた。

「向かいに座れ」

座ってくださいでも座ってでもない命令口調に、ついいつものくせでむっとしてしまう。

いけない、意地を張っている場合ではない。今この人はお客様なのだと自分に言い聞かせ、「ご用はなんでしょうか?」と質問で返した。

耀一朗はクリーム団子を一口で食べると、「うん、美味い」と頷いた。

「だけど、団子は前より味が落ちていないか。和菓子の取引先を変えたな?」

「えっ……」

その通りだったので目を瞬かせる。

「やっぱりそうか」

耀一朗はノートパソコンを取り出し起動させると、菖蒲に向け「見ろ」と画面を見せた。

しかし、そこに映っていたのは騎手を乗せた一頭の葦毛の競走馬だったので首を傾げる。

背には紺色の布がかけられており、「イザショーブ」とプリントされているが、これは馬の名前だろうか。

「日高、この馬何?」

「ん?」

耀一朗は「おっと、ロック画面になっていた」とパソコンを操作した。

「俺、馬主やっていて、こいつがその馬。イザショーブっていい名前だろ。最近成績上げてきたんだぜ?」

「……馬主って個人で?」

「もちろん。さすがに俺の趣味に会社巻き込むわけにはいかないしな」

顧客にも馬主がいるので知っているが、個人が馬主となる条件は厳しい。

継続的に得られる見込みのある所得金額が、過去二カ年いずれも千七百万円以上あり、更に継続的に保有する資産の額が七千五百万円以上なければならないはずだ。

いくら日高屋の長男にして海陽館の社長とはいえ、この若さでそれだけの規模の資産があるとは――。

耀一朗は画面内のイザショーブを突いて見せた。

「こいつって牝馬なんだけど人間みたいな性格してるんだぜ。いつもツンツンしているくせに、気に入っている調教師にはデレデレ。俺には見向きもしないんだ。そういうところが気に入って馬主になったんだよな」

はて、誰かによく似た性格だ。しかし一体誰にと菖蒲が首を傾げる間に、耀一朗は改めてロック解除したパソコンの画面を見せた。

パワーポイントにデータが表示されている。

「これは……」

「俺を含めた覆面調査員の調査結果だ」

「なっ……」

ということは、耀一朗がミステリーショッパーであり見合い相手なのか。

この三日間もしやと思いつつも、「やっぱりそれだけは有り得ないわー。だってあの日高よ？　私に気なんてあるはずがないし」と結局否定していたのでなおさらぎょっとした。

だが、今はそれよりも——。

画面上のアプリには月乃屋の金の流れから長所、短所、すべてがずらりとグラフ化、文章化されている。

こんなデータを見せられると、菖蒲も席に着かざるを得なかった。

データには目の痛い指摘がいくつも並んでいた。

耀一朗は淡々とかつ容赦なく一つ一つのデータを読み解いていく。

「三千万円の赤字でキャッシュフローはトントン。借入金の元金も返済できてないだろう」

その上売り上げが落ちているので経費を削減しなければならない。

ライトブラウンの瞳が菖蒲の目を鋭く射貫いた。

「現状はお前のおふくろさんの小百合さんの代からなんじゃないか」

尊敬し、誇りにしている母の名を出されてカチンと来る。

「そんな。お母さんはこれでも利益を出していたわ」

「辛うじてだろう。小百合さんの経験と才能、カリスマ性でなんとかなってきたんだ」

「……っ」

菖蒲は膝の上で拳を握り締めた。

それではまるで自分が力不足と言われているようだし、実際そうなのだから反論しようがない。

悔しかった。

ところが、耀一朗は「お前のせいじゃない」と心を読んだようにぽつりと呟いたのだ。

「月乃屋にとっては時勢が悪いんだよ。最近熱海は復活したと言われているけど、若年層を中心に盛り上がっているだろう」

数年前のデータでは熱海に来る観光客は二十代がもっとも多く約二十三パーセント、三十代が十七パーセントを占めている。

「若いやつは大体そんなに金持っていないよな。一泊最低五万はする月乃屋みたいな旅館には泊まれない。温泉の大浴場があるもっと安いところを選ぶだろう」

確かにそうした視点で見ると、月乃屋を買収しようとしたセクハラマシュマロマン——不動産屋の社長の戦略は当たっていると言える。

スーパー銭湯なら若者のニーズを取り込んでいるので、客入りはよくなるだろうし、日帰り客や家族連れにも受けがいいだろう。

一方で月乃屋の客層は五十代、六十代、それ以上や常連客が多かった。

耀一朗が言葉を続ける。

「シルバー層は金を持っているから、そっちを取り込むべきだと思うけど、今のままではターゲットの年齢層の常連客も離れていくぞ。いや、もう離れたのかもしれないな。気付いているだろう」

これまた言い返せなかった。

小百合の代から月乃屋を贔屓にしてくれていた顧客の一部が、何も言わずに一年以上来なくなっている。

これらの顧客から新規客を紹介されることもあったため、それがなくなり売り上げに小さくはない痛手だった。

「なぜかわかるか？　月乃屋全体の質が落ちたのを見抜いたからだ。富裕層はいい変化にも悪い変化にも敏感なんだ」

はっきり指摘されると改めて心臓をぐさりと貫かれた心境になった。

経費削減のためにまず人件費を削った。修繕費を削り消耗品のクオリティを削り、料理の材料費を削った。

菖蒲もやりたくてやったわけではない。そうしなければ借り入れの返済ができなかったからだ。

耀一朗がそんな菖蒲をじっと見て繰り返す。

「でも、何度も言うけどそれはお前のせいじゃない。大月はよくやっている。経営には運やタイミングがあるってだけだ」

「……」

「小百合さんみたいな天才やカリスマにも欠点がある」

圧倒的な才能や魅力で組織の短所を補えてしまう。しかし、いざそのカリスマがいなくなればどうなるか。

「月乃屋に必要なものは名女将じゃない。客観的な視点と合理的なシステム。そして夢と情熱だ。お前はそれだけは誰にも負けないだろ」

「夢……？」

「そうだ。理想や方針とも言うな。従業員全員で共有するもので、それがないと誇りを持って働けない」

耀一朗は力強く頷いた。

「ただ月乃屋を復活させて維持したいだけじゃない。お前にも夢があるはずだ」

断言した。

「私の、夢……」

菖蒲は座卓に視線を落とした。

幼い頃から両親によく語っていたことがある。

『私、月乃屋を日本一の温泉旅館にするの！　いつか世界中のお客さんに来てもらうんだから！』

最近は融資を受けるために金融機関を駆けずり回ったり、父の幹比古の病状を心配したりと多忙ですっかり忘れていた。

「思い出した……」

鼻の奥がツンと痛くなる。

しかし、耀一朗の前で泣くなど情けないし、みっともないし冗談ではないと、プライドにかけて堪えて顔を上げた。

「あなたもたまにはいいことを言うわね」

「俺はいいことしか言わないぞ」

耀一朗は腕を組んで菖蒲を見つめた。

「俺はプロのコンサルタントじゃないけど、それに近いことはできる。旅館に何が必要なのかをよくわかっている。月乃屋を立て直してみせてやる。だから大月、俺を選べよ」

耀一朗の言葉には嘘偽りの響きがなかった。心から月乃屋の力になろうとしてくれているのが感じ取れる。

「一体どんな風の吹き回し？　月乃屋が復活したら日高旅館に都合が悪いんじゃないの」

多少皮肉を込めた質問返しにも耀一朗は冷静なままだった。

「それはない。月乃屋も日高旅館も熱海の顔みたいなものだからな。潰れたらこの界隈全体がまずいんじゃないかと取られる。そんな事態は避けたい」

しかし、菖蒲はすぐに返事ができなかった。

「あなたの気持ちはわかったわ。ありがとう」

「そうか、なら――」

菖蒲は「待って」と話を止めた。

「確かに日高は仕事ができそうだし、婿に入ってくれれば月乃屋にはメリットがあるわ。でも、あなたには私と結婚してなんのメリットがあるの」

その疑問がどうにも解消できない。

「だって、あなたの実家にとっては私って敵組織の女ボスじゃない。裏切りだって日高旅館の女将さんが……千晴さんが反対するんじゃない？」

そう、日高旅館の女将である千晴の意見は無視できない。

「てっきりあなたはいつか日高旅館に戻るつもりなのかと思っていた。違っていたの？」

耀一朗は今こそ社長をやっているが、それは武者修行のためなのではと菖蒲は捉えていた。いずれその座を部下なり分家の親族なりに譲り、自分は日高旅館に帰るのではないかと。何せ本家の長男なのだから。

となると、耀一朗が婿入りするこの結婚は日高旅館の跡継ぎを略奪することになる。

「……それは」

「家族の反対だけじゃない。あなたは今東京で仕事をしている。……月乃屋が人手不足だってことはわかっているでしょう」

菖蒲も嘘は吐きたくないので正直に話した。

「この縁談は婿という人手を確保するためでもあるの。だから別居婚も考えていない。でもあなたはそんな二足のわらじを履ける？　すごく忙しくなるけど……」

耀一朗はぐっと押し黙ったがすぐに菖蒲の目を見返した。

「まず東京での仕事だけど、仕事は大体リモートでなんとかなる。一ヶ月に一週間くらいは東京にいることになるけど、それくらいなら大丈夫か？」

「え、ええ。一週間くらいなら……」

「だったら問題ない」

また、両親についても問題ないと答えた。

「おふくろについても気にしなくていい。うちはもともと女系だからな。日和《ひより》があとを継げばいい。やっぱり日高旅館の顔は女の方がうまくいくんだよ」

日和とは耀一朗の妹である。菖蒲の高校時代の後輩でもあった。

日和はふんわりほのぼのとした少女で、更に菖蒲を憧れの先輩として慕ってくれたので、ライバル視する気にはなれずに今に至る。

耀一朗はそれにとライトブラウンの双眸に影を落とした。

「先祖の因縁だかなんだか知らないが、もうそんな形のないものに振り回されるなんてまっぴらだ。いい加減俺たちの代で断ち切るべきだ」

このセリフには菖蒲の心臓がドキリと鳴った。

ロミオとジュリエットのロミオのように、耀一朗も憎からず思ってくれていたのではないかと期待したのだ。

ところが——。

「そして、俺のメリットは女避けだ」

そう言い切ったので愕然とする。

「お、女避け？」

「あの手この手で迫ってこようとする女が結構いるんだよ。取引先の役職者の娘との見合い話も山ほど来てうんざりしているんだ」

耀一朗は心底鬱陶しそうな顔でそう言った。

その辺の男が同じセリフを抜かせばこの勘違い自意識過剰男がと突っ込みたくなるが、耀一朗ならそうだろうねと納得させるだけのスペックだからタチが悪い。

「だが、お前と結婚すれば妻は格式ある老舗旅館の女将。しかも美人だ。その辺の女が太刀打ちできる相手じゃない。お前と結婚したと知ればすぐに諦めてくれる」

「……」

女避けのためだと言い切られてここは悲しむべきなのか、それとも美人と褒められて喜ぶべきなのか判断できなかった。

だが、これ以上意地を張り続けていれば、二度と耀一朗と結婚する機会はないことはわかっていた。

覚悟を決めて小さく頷く。

「わかったわ。お互いの利益のために結婚しましょう」

本当は初恋の相手と結婚できることが嬉しくて堪らなかった。

でも、本心を知られて耀一朗に引かれたくないし、ずっと片思いをしていたと知られるのはなんだか悔しい。耀一朗にはいい女避けだとしか思われていないのに。

耀一朗はそんな菖蒲の心境を知るはずもなく再びパソコンの画面を見せる。

「よし。じゃあ、挙式と披露宴の会場を決めるか。披露宴は月乃屋を使うのでもいいな。いい宣伝になる」

「えっ、今日？」

「そうだ。候補をリストアップしている」

「もう!?」

さすが自他ともに認める仕事のできる男だった。

第二章「うっかりライバルに恋に落ちてしまった件」

菖蒲は物心付く前から日高旅館だけには負けるなと言い聞かせられてきた。

『いい？　江戸時代からの家訓なの』

刷り込みとは怖いもので、幼い菖蒲は代々の大月一族と同じく、なんの疑問もなくその家訓を受け入れた。なぜそうしなければならないかという発想もなかった。

『わかった。お母さん、私絶対にあいつには――日高には負けない！』

この「あいつ」が日高耀一朗である。

なんの因果か――というよりは同じ地域にそれぞれの旅館も自宅もあるので当然だったのだが、幼稚園も小学校も中学校も同じ。

高校こそ進路が分かれるかと思いきや、結局同じ進学校だった。しかも同じクラスである。

先祖代々ライバルだった大月家の次期女将と日高家長男、そんな二人が一つ屋根の下で学校生活を送ることになるとどうなるか。

幼稚園ではどちらが早くひらがなを書けるようになるかで火花を散らした。結果は二者同時にすべて覚えたことで引き分け。

この時点で担任の教諭は二人が因縁のライバルだと気付いたのだろう。

運動会では二人を別々にするとまた過剰に競争心を抱くからと、同じ紅組となったものの今度は同じチーム内で玉入れの数を競った。これまた引き分けだった。

小学校、中学校も幼稚園と同じ流れになりやはり引き分け。

高校でも似たようなものだった。

——当時二人が通学していた高校では、試験後担任がクラスの上位五名を発表していた。

「大月菖蒲、斉藤菜々《さいとうなな》、高橋翔《たかはししょう》、日高耀一朗、松井里桜《まついりお》、——以上五名が成績上位者だ。頑張ったな」

発表が終わると生徒たちが一斉に溜め息を吐いた。当人たちに聞こえないよう声を潜めて噂し合う。

「やっぱり大月と日高が入っていたか。あの二人だけは絶対に落ちないよな」

「ねえ、どっちも学年で一位って聞いたけどほんと？」

「満点だって噂だよね」

十七歳の菖蒲はその時一番前かつ廊下側の席だったが、その耳はしっかりと生徒たちの囁きを捉えていた。

悔しさを悟られぬよう机の上の手をぐっと握り締める。

(満点じゃないわ。数学で二点足りなかった)

文章題で二点落としている。

(あいつは一体何点だったのかしら……。負けていたら冗談じゃないわ)

成績上位五名の氏名は発表されるが、個人情報保護の観点から総合点や順位は教えられない。それだけに気になって仕方なかった。

(次こそ満点を取らなくちゃ。満点だったら絶対に勝てる)

そのためには勉強時間を増やさなければならない。バイト扱いで月乃屋の手伝いもしているので疲れるが、耀一朗にだけは負けるわけにはいかなかった。


その日の放課後、菖蒲は校内の弓道場で弓を引いていた。背中まで伸びた長い黒髪を結い上げ、純白の弓道衣と漆黒の袴を身に纏って。

空気がピンと張り詰めている。

黒い瞳が印象的な凛とした横顔に、見学にやって来た男子生徒、女子生徒の双方の視線が吸い寄せられる。

菖蒲が風を切って矢を放つと、吸い寄せられるように的に向かっていき、見事当たった。

わあっと歓声が上がり静寂が破られる。

「すごい！　全部真ん中に的中した！」

「かーっこいい！」

「部長、さすがです！」

菖蒲は先輩後輩の絶大な信頼を得ているだけではなく、インターハイ代表になった功績を買われ、高校二年生で部長に任命されている。

まさに文武両道。際立った和風美少女であるのも相まって、全校生徒の憧れの的になっていた。

女子は皆某歌劇団の男役さながらに憧れていたが、男子はよこしまな観点から菖蒲を評していた。

「大月っていいよなあ。制服も似合うけどあっちの衣装の方がやっぱりいい」

「ああ見えて胸大きいしさ。脱がしてみたいよなあ」

「巫女服とかすっげえ似合いそう」

でもさと男子生徒の一人が溜め息を吐く。

「今のところ告白したやつ全員振られているんだろ？」

「あっ、お前もそうだったのか」

「ということはお前も？　あー、付き合ってみたいよなあ。どんな男だったら落とせるんだろう」

一方、菖蒲はギャラリーの声には関心がなかった。男にもてるかもてないかなどどうでもよかったし、弓道についてはこの程度の成果は当然だと捉えていたからだ。

毎朝密かに誰よりも早起きして弓道場に来て、可能な限り練習しているので当然だと。（大会でちゃんと結果を出すためにはもっと練習量を増やさないと）

――この通り当時の菖蒲はただプライドが高いだけではない。

負けず嫌いかつ大変な努力家だった。やるからには一番にならねばと、日夜勉強に、運動に、女将の修業に励んでいた。

その日菖蒲は珍しく早く部活を終わらせ、家路を急いでいた。二点落とした分を家で再確認し、次回こそ満点を目指そうと考えたのだ。

足早にバス停に向かう。

すると、耀一朗が老人の腰かけた車椅子を押していたので驚いた。停車中のバスに乗車させるつもりらしい。

運転手がバスの中から耀一朗に礼を言っている。

「ありがとう。助かったよ」

「いいんです。じゃあ、お爺さんお元気で」

耀一朗は介助を終えバスから降り、その後バスが走り去るのを見送った。

菖蒲はちょっと感動してその場に立ち止まった。

率先して体の不自由な高齢者を手伝うとは、簡単なようでなかなかできないことだった。

いやしかし、と目に力を込めて耀一朗を見据える。

旅館業に携わる者ならホスピタリティは常時意識しなければならない。

耀一朗の行動は日高旅館の女将の教育のたまものだと思うと心の中で闘志の炎が燃え上がった。

さて、耀一朗は人助けの間スクールバッグはベンチに置いていたらしい。しかし端に置きすぎたからかどさりと音を立てて落ちてしまった。

ファスナーが開いていたのか中から教科書やプリントが零れる。

「おっと」

その中の二枚が風に流され菖蒲の足下に落ちる。

菖蒲は腰を屈めてそれを手に取り形のいい眉を寄せた。

一枚は数学の解答用紙、もう一枚は英語である。

数学は満点だった。

(……数学で負けた)

しかし、英語は九十八点。菖蒲は満点なので二点差で勝っていた。どうやら今回も引き分けだったらしい。

耀一朗が辺りを見回し落ちたバッグに気付く。

「拾ってくれてありがとうございます……って、大月⁉」

菖蒲はつかつかと歩み寄り無言で解答用紙を差し出した。

「この問題はａｆｔｅｒじゃなくてａｗａｙね。熟語だから頭で考えるものじゃない」

更に文章全体を読んで内容を完全に把握していなければ難しい。引っかけ問題の要素もあり、英語のテストで一番難しい問いだったのではないだろうか。

逆に言えば耀一朗はそれだけしか間違えなかったということだ。次は対策を取ってくるだろうから満点の可能性は高い。

負けられない。

一方の耀一朗は解答用紙を受け取りながらぼそっと礼を述べた。

「……ご親切にどうも」

ちっともありがたそうではなかった。

黒い瞳とライトブラウンのそれとの間で火花が散る。

一分後二人の乗るバスが停車しなければ、ずっと睨み合っていたかもしれない。

しかし、一時中断されたはずの戦いは、今度はバスの中で再開することになった。

その日は高校近くの競技場でなんらかの大会があったらしく、ジャージ姿の他校の学生でぎゅうぎゅう詰めになっており、否が応でも互いに体を密着させなければ乗れなかったのだ。

耀一朗の背に顔面を押し付けられる羽目になり、胸もぎゅっと押し潰されて呼吸が止まる。

「ねえ、もうちょっと前に行けない？」

「無理だって。というか、お前む……」

「？　何よ？」

「……いや、なんでもない」

人混みで蒸し暑いのか耀一朗の首筋がほんのりと赤くなっていた。

その後菖蒲は三年生となり、部活を引退し、やがて東京の大学に進学しようと決めた。菖蒲としてはすぐにでも女将の修業に入りたかったが、父の幹比古に「大学は卒業しておいた方がいい」と勧められていたのだ。「これからの女将はちゃんと経済学や経営学を勉強しないとやっていけない」と。

菖蒲の第一志望校は東京のK大学の商学部だった。有名私大かつ難関ではあるものの、菖蒲の学力なら合格圏だと担任に太鼓判を押されている。

なお、耀一朗は東京のW大学の商学部を受験するとの噂だった。事実なら十八年目にしてようやく進路が分かれたことになる。

菖蒲は耀一朗と離れるかもしれないと知り、なんとなく物足りなさを覚えていた。妙な心境だった。

（どちらにしろ近い将来日高とは旅館の経営で競い合うことになる。それまでにちゃんと準備を整えなくちゃ）

そのためにもまず確実にK大学に合格しなければならなかった。

ところがよりによって受験当日、菖蒲は思いがけないトラブルに巻き込まれてしまった。なんと東京に数年ぶりに大雪が降ったのだ。

菖蒲は前日熱海から上京し、最寄り駅のホテルに宿泊していたのだが、朝起きてカーテンを開けてみて目を見開いた。

「嘘……」

街が一面純白に染まっている。綺麗などと見惚れている場合ではなかった。

受験会場はここから更にバスで十五分の距離にある。大雪の影響で発着が遅れていたり、それならまだましでストップしていたりしたら大変だ。

慌ててバス会社に連絡を取ろうとしたが、考えていることは皆同じなのだろう。「ただ今大変電話が混み合っております……」といつまで経っても繫がらない。

それではとタクシーを呼ぼうとしたのだが、これまた同じ状況だった。

このままではらちが明かない。

菖蒲は制服に着替え駅に向かった。直にタクシーを捕まえようと考えたのだ。

ところが、タクシー乗り場には長蛇の列ができており、菖蒲に順番が回ってくるのは当分先になりそうだった。

ひとまず現状をスマホで担任に連絡する。

担任は『大学には僕から連絡しておく。とにかく落ち着きなさい』と宥めてくれた。

『そういう場合は開始時刻を遅らせると思うんだけど……』

「わかりました。ひとまず駅で待機しています。タクシーには乗れたら乗ります」

『うーん、タクシーも似たような状況だと思うけどねえ……』

菖蒲は電話を切りスクールバッグにしまった。

雪が次々と落ちるローファーを見下ろす。

地面が揺れている、いや、不安と緊張で心臓が早鐘を打ち、体が小刻みに震えている。

今まで努力と根性でハードルを越えてきたのに、生まれて初めて自分の力だけではどうにもならない事態に陥ったからだ。

胸を押さえて自分に言い聞かせる。

（大丈夫、大丈夫よ。落ち着いて。なんとかなるわ。精神統一しなくちゃ。弓道で鍛えて

きたでしょう)

なのに、気持ちは一向に落ち着いてくれず、目の奥から涙が込み上げてきた。

(やだ、こんなことで。私がこんなに頼りなくて情けないわけ――)

涙を拭おうとしたその時のことだった。

「――大月?」

聞き慣れた声で名を呼ばれる。

涙に濡れた目で振り返ると、そこに宿敵の日高耀一朗が佇んでいた。やはり制服を着ている。

「ひ、だか……」

「お前も受験遅れそうなのか? って……」

耀一朗は目を見開いてその場に立ち尽くした。

菖蒲はライバルに涙を見せてしまったと気付き、慌てて拭おうとしたがもう遅い。

「こ、これは目に雪が入っただけ! 冷たくて痛くて……」

それよりと、キッと耀一朗を睨み付ける。

「どうして日高がこんなところにいるのよ。W大学は隣の区にあるんじゃないの?」

「俺の母方の親戚がこっちに住んでいて、そこに泊まらせてもらっていたんだ」

電車でW大学まで行こうとしたが、電車もダイヤが乱れていて役に立ちそうにないと。

「この分だとタクシーも無理だよな」

「……」

耀一朗も困り果てた顔をしている。

菖蒲はぎゅっと拳を握り締めた。

（こんなこと思っちゃいけないのに……）

耀一朗も同じ状況で同じ心境なのかと思うと、一人ではないのだと感じて少し嬉しかった。

ところが、耀一朗には菖蒲と決定的に違うところがあった。

土壇場で開き直れる度胸である。

「……そうだ！」

いきなり声を上げたので菖蒲はドキリとした。

「な、何？」

「ちょっと待て」

耀一朗は一旦その場から姿を消し、次に現れた時には自転車に乗っていた。

「その自転車はどうしたの？」

「そこのコンビニで自転車のシェアリングをやっているんだ」

一台借りてきたので後ろに乗れという。

「えっ、でも二人乗りって違法じゃ……」

「今日は多分交通事故だらけになるだろう。警察は俺たちに構っている時間なんかないはずだ」

まだ戸惑っている菖蒲に苛立ったのだろうか。耀一朗は手を伸ばし、強引に菖蒲のスクールバッグを奪い取った。

「あっ」

「つべこべ言わずに乗れ」

「いっ、いい。私も借りてくるから」

耀一朗はまだ小刻みに震えている菖蒲の足下に目を向けた。

「そんな状態でか？　ただでさえ雪が降って滑りやすくなっているんだぞ。転倒したらどうするんだ」

「……」

ぐうの音も出ない。

耀一朗は駅前の道路を見た。

「それにお前はこの街の地理に詳しくないだろう」

だが、自分は国道や下道、裏道まで把握しているのだという。屋根付きの道路や融雪剤が優先して撒かれる安全に通行できる道を知っていると。

「俺、東京来る時はいつもタカさん……さっき言った母方の親戚に世話になっているから。この街は第二の故郷みたいなものなんだ」

「で、でも……」

菖蒲はまだ意地を張っていた。

「あなたに私を助ける理由なんてないでしょう」

耀一朗が一瞬押し黙る。

ライトブラウンの瞳が強く光った。

「理由なんてなくていいだろう。お前が困っているから助けたい。……それだけで十分だ」

その一言に菖蒲の心臓がドキリと大きく鳴った。明らかに不安や緊張とは違う感情からだった。

いつもなら「それしかないのなら仕方ないわね」、などと憎まれ口を叩いていたかもしれない。

だが、その日はもう意地を張る気もなくなって、「……ありがとう」と礼を言って荷台に腰を下ろした。

「ちゃんと俺の腰に掴まっておけよ」

「わ、わかったわ」

「——よし！　行くぞ！」

雪交じりの風が菖蒲の頬を撫ぜる。ポニーテールにした長い黒髪が後ろに靡《なび》いた。

「ちょっとスピード上げるぞ」

熱海とは違うビルだらけの景色が次々と通り過ぎていく。だが、菖蒲の目にはほとんど入っていなかった。

頬を当てたブレザー越しの耀一朗の背は広い。手を回している腰もがっしりして、自分のものとは全然違っていた。

心臓がまた早鐘を打ち始める。

（どうか日高にバレていませんように）

受験に間に合うことよりもそればかりを祈っていた。


この辺りの地理に詳しいとは本当だったようで、菖蒲はなんと試験開始三十分前にＫ大学の受験会場についていた。

耀一朗は菖蒲を降ろすと、握り締めた拳を菖蒲に向かって突き出した。

「頑張れよ。お前なら絶対に受かる」

「うん……ありがとう」

菖蒲はもう一度礼を言い門を潜ろうとし、直後にはっとして耀一朗を振り返った。

「日高、あなたの受験は大丈夫なの？」

耀一朗はニッと笑って今度はガッツポーズを作った。

「大丈夫、大丈夫。この街は俺の第二の故郷だって言っただろ？　俺のことは気にするな」

自転車をくるりと反転させ「じゃあな」と手を振る。

「あっ、そうだ。これで借りを作ったとか恩を返そうだとか思うなよ。俺がやりたくてやったことだからな！」

菖蒲の反論を待たずに自転車を加速させる。

菖蒲はその後ろ姿を曲がりで消えるまで見送った。

「……ずるいじゃない」

まだ心臓がドキドキしている。思えば大雪のこの日から、菖蒲の長い長い片思いは始まったのだ。

＊＊＊

耀一朗は日高家に実に百年ぶりに誕生した男児だった。

日高家はどういうわけか娘ばかりが生まれていたので、耀一朗の誕生は奇跡であり祝福

だともて囃された。

こうなれば耀一朗を日高旅館の大将にしようと、母の千晴が奮起するのも仕方なかったのかもしれない。当然、教育にも熱が入ることになる。

耀一朗もまず「月乃屋には負けるな」との日高家の家訓を叩き込まれた。「絶対に小百合さんのお嬢さんだけには勝ちなさい」と。

どうやら千晴は個人的にも小百合をライバル視していたようだ。

しかし、女将としての手腕は生涯小百合に敵わなかったようで、さっさと先に死なれあの世に勝ち逃げされたと悔しがっていた。

その分息子のお前が頑張れということなのだろう。「お前は男なんだから勝てるはず」などとなんの根拠もなく断言していた。

しかし、耀一朗は日高家や千晴の顔を立て、表向きには菖蒲と対立しているように見せかけていたが、内心はなんの意味があるのかと疑問を抱いていた。

正直江戸時代の家訓なんてもはやカビが生えて腐っているだろうとも思っていた。

無条件に家訓を受け入れられなかったのは、日高旅館の経営にそれほど魅力を感じていなかったことも大きかった。もっと広い世界を見てみたかったし、違う仕事をしてみたかったのだ。

一方、二つ下の妹の日和は幼い頃から日高旅館に愛着があった。本当は千晴の後を継いで女将になりたかったのだ。

日和はよくこう言っていた。

『お兄ちゃん、私も将来お兄ちゃんを手伝ってもいい？　私も旅館のお仕事大好きなの。本当は女将になりたいんだけど多分無理だし……』

耀一朗からすれば日和の方がよほど日高家当主に相応しかった。好きであることは最大の適性なのだ。

一度母に日和を女将にしてはどうかとさり気なく提案したことがある。

しかし、千晴は『あの子では菖蒲さんに勝てないわ』と断じ、二度とその話はするなと強引に話を打ち切ってしまった。

確かに日和はふわふわした娘で経営者に向いていないかもしれない。しかし、それは兄妹に施された不平等な教育の結果ではないか。

そう思うと次期大将としての期待を素直に受け入れられなかった。

かつて番頭を務め千晴を公私ともにサポートし、家族間のクッション役になってくれていた父親がもう亡くなっていたことも痛かった。

千晴の暴走を止められる者がいない。

一方でライバルであるはずの菖蒲は自分の進路になんの疑問も持っていないように見えた。将来月乃屋の女将となるべく汗一つ見せずに淡々と勉学に武道に励んでいる。

更に接客の際洗練された動きを取るべく、茶道と華道まで嗜んでいると聞いて、正直そこまでやるか⁉ と驚いたものだ。

一時は自分と同じく親に押し付けられているのではないかと訝しんだ。

耀一朗も日高旅館の手伝いをさせられていただけではない。将来経営に役立つ勉強をしろとも言われていた。

だが、何事も特に努力せずとも簡単に、かつ要領よくこなせたのが不幸だった。

勉強は教科書を一度ざっと読めば頭に入るし、知識を自由自在に応用もできる。

運動もちょっと練習すればどの競技もできた。そのせいでよく運動部の助っ人を頼まれたものだ。

だから、逆にすべてがつまらない。

日高旅館の経営についても高校生になる頃には大体わかっており、それだけに千晴の手腕の欠点も見えてしまっていた。

同じ頃から母子の関係も悪化していた。問題を見過ごせずに経営に口を出したからだ。

耀一朗からすれば無駄でしかないサービスを、伝統だと言い切って続け、結果営業成績も財務状況も悪化させる。信用しているからと経理のどんぶり勘定を長年放置する。

『おふくろ、一度帳簿を全部洗い直した方がいい。経理の沢《さわ》さんだけじゃない。料理長の原田《はらだ》さんの動きもだ。最近経費だっておかしな領収書が多すぎる』

しかし、千晴は『何を言っているの』と耀一朗の意見を一蹴した。

『そんなことをする必要はないわ。この仕事はお客様とのだけじゃない。従業員との信頼関係でも成り立っているのよ』

ましてや沢や原田らとは三代前からの付き合いである。そんな二人が日高旅館を、女将の自分を裏切るはずがないと。

ちっぽけな世界を狭い人間関係で維持しようとする千晴に嫌気が差した。だから、もうどうにでもなれと反発したのだ。

『じゃあ、勝手にしろよ。どうなっても知らないからな』と言い捨て、親しかった遠縁の独身男性、隆人《たかひと》の住む東京のマンションに家出した。

隆人は日高家の分家の出で千晴の従弟に当たる。この分家はホテル経営が主力の海陽館ホールディングスを立ち上げて成功しており、いまや日高旅館よりも規模がずっと大きくなっていた。

「――おふくろは馬鹿だ」

耀一朗はソファにゴロリと寝転びながら零した。テーブルにコーヒーを置いてくれた隆人に愚痴る。

隆人は苦笑しつつ向かいのソファに腰を下ろした。

「まあ、千晴さんは頑固だからな。人間、年を取れば取るほど考え方を変えられなくなっていくものだ。自分が間違っていたなんて思いたくないからね」

耀一朗にはそんな心境など知ったことではなかった。

「俺、やっぱり日高旅館を継ぐなんて嫌だ」

きっぱり言い切りデザイナーズマンションらしい剝き出しのコンクリート風の天井を睨み付ける。

「あんなところにいたら腐るだけだ。時代遅れでちっぽけでなんの進歩もない」

ところがうんうんと聞いてくれていた隆人が、そこにだけは反論を唱えた。

「それはどうかな？　耀一朗、伝統を守り続けるには逆に時代の趨勢を読む能力が必要だぞ」

千晴のいい点をいくつか上げる。

「千晴さんって英語ペラペラだろう。今中国語も勉強しているそうだ。外国人の富裕層と話せるようになるために三十から英会話を始めたって聞いたよ。実際、それで質のいい外国人客が増えている」

「……」

その通りだった。

「耀一朗はなんでもできるからな。人の欠点ばかりが見えてしまうんだろうけど、千晴さんのそういう点は評価すべきだ。全方位で完璧な人間なんてそうそういないさ」

耀一朗は隆人と話すたびに自分の未熟さを思い知らされ、だからこそ隆人を信頼して尊敬していた。

だが、母や家族のことだけは身内だけに素直に聞き入れるのが難しい。

ふと脳裏に同じような立場にいる菖蒲の凜とした横顔が浮かぶ。

菖蒲は学校では家族については何も話さない。家庭内での問題にどう心の中で折り合いを付けているのか——。


菖蒲は弓道部の部長である。

毎日のように弓道場で練習に励んでおり、弓を引く姿の美しさが生徒たちの視線を惹き付けている。

その日も弓道場前に生徒が詰めかけていたので、なんとなく耀一朗もひょいと顔を覗かせた。

「あっ、日高先輩」

一応所属しているバスケットボール部の後輩までもがいたので呆れる。

「お前、こんなところで何をしてるんだ」

「僕も大月先輩のファンで……」

同じく弓道場を覗いていた何人かの女子生徒が黄色い声を上げる。

「えっ！　日高先輩！　どうしてこんなところに」

「今度は弓道部に助っ人頼まれたんですか？」

「前の試合のスリーポイントシュート、すっごくかっこよかったです！」

どうも菖蒲とはファンが被っているらしかった。

適当に女子生徒たちを宥めて菖蒲が弓を射る姿を見つめる。

意志の強そうな黒い瞳には冷静と情熱が同居している。その視線に吸い込まれるように見惚れる間に矢が放たれた。

「的中！」

わっと声が上がる。

ギャラリーは盛り上がっているのに、菖蒲は落ち着いたままだった。「大月せんぱーい！」と呼ばれると微笑み返しはするが、感情の揺れがほとんど感じられない。道理で学校でクールビューティーと名高いはずだ。

なのに、自分に対してだけはやけにライバル心剥き出しかつ当たりが強いのは、恐らく大月家の家訓にも「日高旅館に負けるべからず」とでも記されているからだろう。

ふと、一度日高家と大月家の壁を取り払って話してみたいと思う。菖蒲の月乃屋に対する剝き出しの本音を知りたかった。

そして、その機会は思いがけなく早く訪れた。ただし、耀一朗と面と向かって話し合う形ではなかったが――。

二年生の三学期の終わりも近い頃、進路についての二者面談が行われることになった。進学校ということもあってこの手の面談は一学期からたびたびあり、そのせいで大体の生徒はこの頃には進路がほぼ決まっている。

耀一朗もすでにW大学商学部を第一志望としていた。だが、その後どうするかまでは決めていない。

千晴と日高旅館にはうんざりしていたが、まだ身内の情もあるのでそう簡単に切り捨てられずにいた。

二者面談では進学先についてはもう決めてあるとだけ言っておいた。

「まあ、君の場合は僕が何かアドバイスするまでもないからねえ」

担任はそれで納得したらしく、一人当たり十五分かかるところが五分で終わった。

その後耀一朗はバスケットボールの練習をしようと体育館に向かった。しかし途中、机の中に宿題のプリントを忘れたのを思い出して立ち止まる。

引き返して教室のドアに手をかけようとすると、中から鈴を転がすような澄んだ、愛らしい声が聞こえたので思わず動きを止めた。

菖蒲だった。

その場から離れられなくなってしまう。ドアがわずかに開いていたのでこっそり隙間を覗き込むと、菖蒲と担任が向かい合って腰を下ろしていた。

面談は特別な事情がない限りは男女問わず五十音順で行われると聞いている。そのためもう菖蒲の分は終わっていると思い込んでいたのでドキリとした。

菖蒲は来たばかりらしく担任に礼を述べた。

「先生、今日は面談の時間を変更してくださってありがとうございます」

「旅館の手伝いって大変だね。お母さんと仲居さんたちの具合は大丈夫かい？」

「はい。なんとか回せています」

どうやら月乃屋でインフルエンザが流行って小百合と仲居、更に従業員の何人かが休んだため、菖蒲がピンチヒッターに入ったらしい。

「当分部活も休むことになると思います。授業も午後の授業は……」

「それはもうお父さんからも連絡が入っているし、ちゃんと許可を取ったから安心していいよ」

「……ありがとうございます！」

近頃千晴に反発して手伝いをサボっている耀一朗からすれば、菖蒲の月乃屋への献身は信じられないレベルだった。

一体何がそこまで菖蒲を突き動かすのだろう。

担任は「じゃあ、面談を始めようか」と話題を変えた。ガサガサ書類を捲る音がする。

「第一志望は私立……K大の商学部か。変わっていないね」

耀一朗は愕然としてその場に立ち尽くした。

菖蒲とは幼稚園から現在に至るまで同じ学校で、なんの根拠もなく大学も同じところに行く気がしていた。

ところが、菖蒲はK大学を受験するという。

当たり前だと思っていた存在がそばからいなくなってしまう——。

担任は耀一朗の気持ちを置き去りにして話を続けた。

「今のところは十分合格圏だね。ただ、ちょっと一つ気になっているところがあるんだ」

そこで言葉を切って菖蒲の目を覗き込む。

「大月さんだったらもっと上に行けると思う。T大や京都のK大を目指す気はないかい？」

「そこには商学部がないので」

「商学部にこだわらなくても経済でも、理数系でも旅館の経営には役立つと思うよ。もし他の道を目指すことになっても応用が利く。大月さん、熱海の外の世界は広いよ」

「……」

菖蒲はしばらく黙り込んだのち、「ありがとうございます」とポツリと告げた。

「期待してくれて嬉しいんですけど、無理だと思うんです」

「そうかなあ。大月さんは毎回テストで九割以上点を取っているし、全国模試も高順位だ。もったいないなあって思ってしまってね」

担任は残念で仕方がないのだろう。声に感情が滲み出ていた。

しかし、それでも菖蒲はぶれなかった。

「……T大やK大は私みたいに頑張って、頑張って、やっと今の成績を維持している生徒じゃなくて、教科書をざっと読んだだけで満点を取れるような、そんな人が行くところだと思うんです」

耀一朗は驚き目をわずかに見開いた。

菖蒲は確かに勉強にも部活にも手を抜く様子がない。しかし、何事もクールにすんなりこなしているイメージがあったのだ。

続いて耳に届いた凜とした声にはっとする。

「それに、私はやっぱり月乃屋の女将になりたいんです。熱海って観光だけで保っている小さな街かもしれません。でも」

菖蒲は言葉を句切った。

「地球って丸いですよね。世界の中心がどこかって、結局人間が決めているじゃないですか」

人差し指でトンと机を叩く。

「どこだって真ん中になれる。だったら、私にとっての世界の中心は熱海なんです」

世界はそこから広がっているのだと認識しているのだと。

「熱海からだって世界の広さはわかります。そして、熱海もそんな世界の一部だと思っています。私の世界の中心に世界中の人を集めるんですよ」

菖蒲はにっこり笑っていた。

「そうして月乃屋のファンをどんどん増やして、将来色んなところに別館が作れたら嬉しいですね」

「参ったなあ。もう何も言えないよ」

担任が苦笑している。

「あっ、もしかして英語がいつも満点なのは……」

「はい。ペラペラになって英語で接客できるようになりたいんです。英語が話せる外国人の従業員もいますけど、やっぱり女将自身が英語と中国語くらいは話せないと。日高旅館の女将さんはこれができるんです」

不意打ちで母の話になったので耀一朗の心臓がドキリと鳴る。

「日高旅館はライバルだけど、やっぱりいいところは見習わなくちゃ」

耀一朗は参ったなあと天井を仰いだ。

菖蒲は隆人と同じように千晴の長所を認めていたのだ。

そうか、これこそがプロ意識であり自分との違いかと目から鱗が落ちる。同時にやはり自分は旅館の大将には向いていないと思い知った。

（……カッコいいな）

女性に対してそう思ったのは初めてだった。その夢と情熱に敬意を抱いたのも。

後になって思い出してみればこの時にはもう菖蒲に恋に落ちていたのかもしれない。


菖蒲の二者面談を思いがけなく盗み聞きして以来、耀一朗は菖蒲が気になって仕方なかった。

一度面と向かって話してみたいと思ったが、何せ三百年に亘るライバルの家同士の長男と長女。

今更お友だちになりたいだのと抜かそうものなら、何が目的だと疑われるに違いない。下手をすれば変態、ストーカーと罵られそうだった。

ライバル視されるだけならまだしも、犯罪者扱いはさすがに精神的なダメージが大きい。

どうにかして接触できないかと頭を捽ったが、勉強のことならすぐ回転する頭脳もまったく役に立たなかった。

そうして攻めあぐねる中で春休みが終わり、耀一朗は三年生に進級した。

職員室前に張り出されたクラス分けを見に行った時には、生まれて初めてゴクリと息を呑んだ。

成績と志望校の難易度から考えて、恐らく自分も菖蒲も特進クラスだろうとは予測できていた。

しかし、絶対そうなるとも言い切れない。

だから相当緊張して見上げた張り紙の特進クラスのリストに、「日高耀一朗」と「大月菖蒲」の氏名を発見して思わずガッツポーズをしてしまった。

「ちょっとどいてくれる？　私もクラス分けのリストを見たいんだけど」

ところが喜びに冷水を浴びせるような冷ややかな、だが鈴を転がすような愛らしい声で指摘されてはっとして振り返る。

「大月……」

無駄に高い身長でリストを塞いでいたようだ。

一旦好意を自覚したからだろうか。ポニーテールにブレザーの制服姿の菖蒲は、眩しいほど可愛くキラキラ輝いて見えた。

平常心を装いつつ数歩横に移動する。

「悪い。ほら、入れよ」

菖蒲は耀一朗の隣に立つと、特進クラスのリストを見上げ、「……今年もあなたと同じクラスなの」と呟いた。

「これで三年間同じクラスってことね」

何気ない一言にちょっとときめいてしまい、こっそり横顔を見てみると、夜より深い黒い瞳には闘志の炎が燃えている。

「クラスのトップは譲らないわよ……」

やはりライバル視されているらしい。それにしてももうちょっと優しい表情ができないものなのか。

残念に思いながら観察を続けていると、ふとその大きな目の下に影が落ちているのに気付いた。

「大月、隈ができているぞ」

「えっ」

菖蒲は驚いたように頬に手を当てた。

「寝不足か？」

「……違うわよ」

耀一朗に指摘されたのが癪なのか、菖蒲は身を翻してその場から立ち去ってしまった。

菖蒲は昨年の三学期の終わりから午後の授業をたびたび休んでいる。

月乃屋ではまだインフルエンザが流行していて、菖蒲がピンチヒッターとして業務を手伝っているのだろう。

いくら努力家の菖蒲でも勉強と家業の手伝いの両立は無理があるのではないか。

果たして耀一朗の心配はそれから数ヶ月後の中間テストで、もっとも残酷な形で的中することになった。


高校三年生にとって一学期の中間テストは内申点を大きく左右する。特進クラスはもちろん、生徒は皆必死になって勉強する。

もっとも耀一朗にはいつもと変わらぬテストに過ぎず、一週間前にざっと教科書に目を通すだけで終わった。

テスト初日もいつも通り最初の十分で解答を終え、あとは見直しに時間を費やした。

それも間もなく終わってしまい、暇を持て余して何気なくクラスを見回す。

菖蒲は耀一朗の一つ前の席である。幼稚園から現在までの十五年間で一番近い席だった。逆でなくてよかったと思う。テスト用紙も菖蒲から手渡されたし、こうして空き時間で密かに菖蒲を見つめていられるのだから。

（……ん？）

細い背中がぐらぐらと左右に揺れている。

体調が悪いのだろうか。

「おい――」

大丈夫かと尋ねる前に菖蒲の体が椅子ごとぐらりと横に倒れた。

「……!!」

耀一朗は電光石火の勢いで席から立ち腕を伸ばした。菖蒲の体が床に激突する前に片腕で抱き留める。

菖蒲の体は驚くほど柔らかく軽かった。

以前同じバスに乗った際、混み合っていたせいで体を密着させる羽目になったことを思い出す。菖蒲が結構なグラマーだったので、赤面した記憶があったが、今はそれどころではなかった。

いつもはツンツンしていても可愛いその顔は、まだ隈が目立ち真っ青だ。気を失っているのか瞼を閉じて意識もない。

時間を計っていた担任が慌てて駆け寄ってくる。テスト中のクラスはたちまち騒然となった。

「静かにしなさい！」

担任はスマホで校医を呼んだ。

「代理の先生もすぐ来るからテストは続けるように。五分延長する」

耀一朗は黙って見ていることなどできず、担任に「俺も手伝います」と声をかけた。

「でもね」

「もうテストの解答は終わっています」

担任は驚いたように耀一朗に目を向け、すぐに「じゃあ、頼む」と頷いた。

菖蒲を横抱きにして廊下に連れ出す。

間もなく校医が担架とともに現れ、担任と二人がかりで乗せて保健室に運んでいく。

校医はベッドに横たわる菖蒲を診察したが、ここには最低限の設備しかないので、病院に行った方が確実だと説明した。

「救急車呼ぶんですか？」

「ええ。私が付き添いますから、日高君はもう教室に戻って。テスト中だったんでしょう？　手伝ってくれてありがとう」

そう言われるともう何もできない。

後ろ髪を引かれながら退散するしかなかった。

それから丸々一週間菖蒲は学校を休んだ。

職員室を訪ねて担任に様子を聞いてみると、過労に加えて風邪をこじらせていたとのこと。やはり相当無理をしていたのだろう。

「あの、あいつ受験は大丈夫ですか？」

担任は椅子をくるりと回してかたわらに立つ耀一朗を見上げた。

「う……ん。大月さんは今までの成績がすごかったからね。そこまで響かないと思うよ。中間テストも見込み点が入るしね」

この高校ではテスト期間中に病欠した場合、点数は前回の七割をもらえることになっている。

しかし、七割ではクラスで五位以内は絶望的だ。今までずっと頑張ってきた菖蒲が落ち込まないか。

「……」

担任は耀一朗の顔をじっと見つめていたが、やがてニコリと笑ってA4サイズの封筒を耀一朗の胸に押し付けた。

「そうそう。テスト用紙とプリント類、大月さんの家に持っていってくれる？　確か歩いて十五分も離れてなかったね」

「は、はい……」

「じゃあ、頼んだよ。心配なんだろう？　一緒に育った幼馴染みだもんね」

担任が気を利かせてくれたのはありがたかった。正当な理由をもって大月宅を訪問できる。

管理の煩雑さから日高旅館内にあった自宅を手放し、今はマンションに暮らす日高家に対し、大月家は先祖代々同じ土地でこぢんまりとした趣味の良い日本邸宅に住んでいる。

恐る恐るチャイムを鳴らすと、インターフォンから「はい」と男性の声がした。

菖蒲の父親の幹比古だろうか。

日高だと名乗ると門前払いされそうなのであえて名乗らず、顔の代わりにカメラに向かって封筒を翳して見せた。

「俺、大月さんのクラスメートです。先生からプリント類を渡すように頼まれて……」

『ああ、はい。ちょっと待ってね』

年月で茶色みが増した木製の引き戸がガラガラと開く。

白髪で着流し姿の品のいい男性だった。

「ありがとう。わざわざ悪……って、君は日高旅館の息子じゃないか？」

秒でバレた。

しかし、ここでめげるわけにはいかない。

「菖蒲さんの具合はどうですか？」

この一週間心配で堪らなかったのだ。現状を把握しておきたかった。

「君には関係な――」

「関係あります。俺が担架で菖蒲さんを運んだんです」

幹比古の目がわずかに見開かれる。

耀一朗はそこで菖蒲は父親似なのだなと気付いた。顔立ちがよく似ている。それだけに躊躇したが、やはり言うべきことは言わねばならなかった。

「女将の修業は大事だと思います。でも、その前に菖蒲さんは高校生です。女の子で体力だってそんなにない。勉強に専念させてあげた方がいいと思います」

たとえ菖蒲が修業を望んだとしても、親ならまず我が子の体を気遣うべきだと訴える。

「最近、菖蒲さん元気がなかったんです。どうかお願いします。……それと今日俺が来たこと、あいつには絶対に教えないでください。多分嫌がるだろうから」

最後に深々と一礼し、返事を待たずに身を翻した。

「あっ、ちょっと君」

呼ばれても振り返ろうとはしなかった。


菖蒲が登校してきたのは翌週の月曜日のこと。

菖蒲が教室に入ってくるなり、皆一斉に彼女を取り囲んで質問攻めにした。

「体調もう大丈夫なの?」

「うん。ちょっと風邪引いちゃって」

耀一朗は素知らぬふりでクラスメートとお喋りしつつも、横目で菖蒲の様子をうかがった。

もう隈はなく顔色もよくなっているのでほっとする。

なんの気兼ねもなく菖蒲に声をかけられる連中が羨ましい。しかし、大勢のうちの一人になるのも嫌だった。

菖蒲はその日いつも通りに授業を受け、部活に顔を出して軽く練習し、一見特に落ち込んでいないようだった。

しかし、菖蒲が倒れるのを間近で目撃した身としては、また体調が悪くなりはしないかと心配でならない。

偶然菖蒲と帰宅の時間が同じで、その後ろをついていく羽目になった時には、「これはストーキングじゃない」と自分に言い聞かせた。家が同じ方向なのだから仕方ないと。

また倒れそうになったらすぐさま助けねばと心の準備をしておく。

菖蒲は耀一朗に気付かずどんどん歩いて行く。そして、人気《ひとけ》のないバス停の屋根の下で立ち止まった。頭上の時刻表を見上げている。

タイミングよく自分たちが乗るバスが来る。

ところが、菖蒲はその場に立ち尽くしたまま乗り込まない。ついには見送ったのでどうしたのだろうと思って少し離れたところから見守っていると、やがてポツリとこう呟いた。

「英語はずっと百点だったのになあ……」

顔を伏せて目元を拭う。

「悔しい……」

耀一朗は堪らずに身を翻した。拳をぐっと握り締める。

日高家に生まれたばかりに菖蒲を慰める資格がないことが、この時ほど悔しいと思ったことはなかった。

第三章 「初恋の相手と両思いになった件」

海陽館ホールディングス本社はオフィス街の一角の高層ビルの最上階にある。

このビル自体が海陽館ホールディングス所有で、下の階はレンタルオフィスとして他社に貸し出していた。

さて、来年婿入りを控えている耀一朗は、社長室でスケジュール帳を手にわずかに眉根を寄せていた。

ドアがノックされたので顔を上げる。

「社長、瀬木です」

「入れ」

瀬木は印鑑の必要な何枚かの書類をデスクの上に置いた。

「先ほど招待客の候補のリストをメールで送信しましたが届いていますでしょうか？」

「ああ。プライベートのことなのに悪いな」

瀬木は眼鏡をくいと上げた。

「今回の結婚は海陽館と月乃屋の業務提携のようなものですから、これも仕事の一環ですよ」

海陽館ホールディングスにも月乃屋にも取引先や関係者は多い。その中の誰を招待し、招待しないかの選択が難しかった。

「さて、どうしたものか」

挙式は月乃屋が代々懇意にしている歴史ある神社、披露宴は月乃屋の宴会場を使う手はずになっていたが、どちらも収容できる人数には限界がある。

「社長、いっそ披露宴は東京と熱海、二ヵ所で行っては？」

「二ヵ所だと？」

「はい。T駅前の海陽館ホテルと月乃屋に分ければ全員招待できると思いますが」

この瀬木の案には思わず手を打った。

「その手があったか。大月にも聞いてみよう」

菖蒲は神社の挙式では白無垢、月乃屋の披露宴では色打ち掛けを花嫁衣装にする予定だった。

海陽館ホテルでも披露宴を執り行うことになるのなら、ぜひ純白のウェディングドレスやカラードレスを着てみてほしい。どちらも似合うに違いなかった。

（大月の洋装って学校の制服しか見たことがなかったな。制服もすごく可愛かったけど）

稼業の都合なのかあとは着物しか見たことがない。それだけに今から披露宴が楽しみだった。

一般的には花嫁が披露宴を心待ちにするものなのに、これも惚れた弱みかと少々情けなくなったが仕方がない。

結婚してしまえば一緒に暮らすことになる。こちらのいいところを見せる機会が多くなり、菖蒲にいつか振り向いてもらえる可能性も高くなるはずだ。

しかし、待ち焦がれている結婚生活の前に、第一の難関を乗り越えなければならなかった。

再び手帳に目を落とす。

来週土曜日の午後には菖蒲と入院中の幹比古を見舞うことになっている。

そこで婚約の挨拶をする予定だが、果たして菖蒲と同じくあのツンツンした父親は結婚を許してくれるのだろうか。

菖蒲の父の幹比古は七十歳。

更に病を患ったことですっかり気弱になっていて、一人娘の行く末を心配していると聞いていた。

ならばい説得も簡単かもしれないと期待していたのだが、やはりそこは誇り高き先代女将の入り婿で右腕の番頭だった。

一人部屋の病室のドアの向こうから「俺は会わないからな!!」と力強い怒鳴り声が聞こえる。リノリウムの廊下までもがビリビリ揺れた気がした。

「お父さん、そんなこと言わないで。日高もせっかく時間を調整してくれたのに」

「絶対に会わん!! よりによって日高旅館の息子なんぞ!!」

「お願い。落ち着いて。血圧が上がっちゃう」

先に見舞いに来ていた菖蒲が宥めているが収まりそうにない。

耀一朗は今こそ出番だとスーツのネクタイを直し、土産の日本茶を手にドアを開けた。

「失礼します」

菖蒲と幹比古がこちらを見て目を見開く。

なんと今日の菖蒲はオフホワイトのサマーニットにベージュのフレアスカートである。長い黒髪は緩く巻いて背に流しており、品が良く爽やかなファッションがよく似合っていた。

洋服の普段着もあるのかと感動し、一瞬幹比古の存在を忘れてしまう。

「ひ、日高来たの」

「――帰れ！」

消毒液の香りのする病室一杯に幹比古の怒りが満ちる。

「君以外の日本中の男が絶滅しても日高家の男だけは駄目だ！」

もはやツンツンどころではなかった。ケンケンして研ぎ立ての日本刀のようだ。

しかし耀一朗はめげなかった。この程度の反対は想定内だ。

「こちらは人気の日本茶です」

手土産をベッド横のサイドテーブルに置き菖蒲の隣に並ぶ。頭を深々と下げ「日高耀一朗と申します」と改めて名乗る。

「今日は大月……菖蒲さんとの結婚を許していただくために参りました」

「帰れと言っただろう!!」

幹比古がまた怒鳴る。

耀一朗は一歩も引かずに再び頭を下げた。

「帰りませんし、許していただくまで何度も参ります」

「一体何を企んでいる!?」

幹比古は鋭い視線で耀一朗を睨め付けた。

「月乃屋を乗っ取るつもりか!?　そうはさせない!!」

幹比古の疑惑はもっともだと思う。両家は江戸時代よりいがみ合っていたのだから。

逆の立場で菖蒲が日高家に嫁ぐことになったとすれば、千晴も同じように疑いの目を向けただろう。

だからその気はないと証明するためにある書類を用意してきた。

「二心は一切ありません。こちらをお渡しします。万が一の場合を考えました」

弁護士と相談の上作成した相続放棄の誓約書だった。遺留分も一切必要ないと記してある。

法律上は生前の相続放棄は認められていない。とはいえ前もって相続を放棄したいとの意思を示すことになるので、実際に相続が開始された際手続きがスムーズになる。

「大月さんにはこちらの原本をお渡しします」

もちろん耀一朗の署名と捺印がされていた。

この対応は予想していなかったのか幹比古は勢いを削がれ、手渡された誓約書を呆然と見つめている。

「菖蒲さんからの誓約書は必要ありません。俺が先に逝くことがあった場合、遺産は菖蒲さんと将来生まれるかもしれない子どもにすべて相続してもらいます」

「こんなもの……。一体何が目的なんだ」

「結婚したい理由は一つです。菖蒲さんを好きだからです」

「そんな嘘に騙されると思って――」

途中何を思ったのか、幹比古がはっとしてそこで口を噤む。

「……そういえば」

耀一朗はどうしたのだろうと不思議に思いつつも説得を続けた。

「俺は高校の頃から……もしかするともっと昔から菖蒲さんに好意を抱いていました」

菖蒲が驚いたようにこちらを見る。

耀一朗は信じてもらえないだろうなと思いつつも言葉を続けた。

「女性として好きだからだけではありません。月乃屋の女将としても尊敬していました。ずっと努力し続けているところもです」

あの日バス停で見た菖蒲の悔し涙を思い出す。二度とあんな思いをさせたくはなかった。幹比古への言葉はすべて本心だった。

幹比古が低い声で尋ねる。

「……君は日高家の長男であるだけではない。東京の会社で社長をしているんだろう。そちらはどうするんだ」

以前菖蒲には話していた対策に加え、隆人や瀬木と話し合ってこの件についても解決できていた。

「リモートワークで対応し、東京には一ヶ月に一週間ほど戻る形になります。それも再来年までで以降は月に二、三日になるかと」

海陽館は三年後を目途に熱海に支店を出そうとしている。そちらに顔を出せば良くなるからと。

「そんな二足のわらじが可能なのか」

「できます。仕事はできる方だと自負しています」

耀一朗が自信満々に言い切ったからだろうか。幹比古は怒るよりも呆れたようで、「……まったく」と大きな溜め息を吐いた。

「若い者は世間の厳しさを知らんな」

「――それでも不安でしたら海陽館を辞めます。こちらも誓約書を書いても構いません」

迷いなくきっぱりと言い切る。

すると菖蒲が限界まで目を見開いた。

「そんな、駄目よ！　やっぱりあなたの人生を犠牲にして結婚なんてできない！」

「俺がやりたいことをやっているだけだ」

「でも……！」

「菖蒲」と幹比古は二人の会話に割り込んだ。

「日高君が茶を土産にくれただろう。一杯淹れてくれないか」

耀一朗と二人にしてくれとの意図を汲み、菖蒲が「……わかったわ」と頷く。

「ちょっと待ってね」

菖蒲が盆と急須、湯飲みと手土産を手に出ていくのを見送り、幹比古は「さて」と耀一朗に向き直った。

「社長を辞めてもいいとは本当か。……男にとって仕事は何よりも大事だろう」

「仕事も大事ですが妻になる人はもっと大事です」

「妻か……」

幹比古は菖蒲によく似た目で耀一朗をじっと見つめた。

「ここで俺を説得できたところで、日高旅館の女将は……君のお母さんは反対するんじゃないか。まだ許可を取っていないんだろう」

「俺はもう独立していますし必要ありません、それにもう妹が継ぐと決まっていますから」

大学生の頃日高旅館で起きた一連の事件を思い出す。

あれがきっかけで家を出た。以降母は女将の座はまだ譲っていないが、実質的に妹の日和が取り仕切っている状況だ。この分では千晴も近い将来日和を跡継ぎと認めざるを得ないだろう。

「……日高家も複雑そうだな」

「古い家なんてどこもそんなものでしょう。俺はその状況を変えたいと思っています」

耀一朗はカバンから何枚かの書類を取り出した。

「こちらは立て直しの事業計画書です」

幹比古は事業計画書に目を通して絶句した。

「また、随分と思い切った……」

「海陽館の子会社から運営委託という形で社員を何人か派遣します。当分の人手不足はこれで対応できます。その間に経営を立て直し、新たにスタッフを採用し、社員教育を行うつもりです」

「――お父さん」

ドアが開く音とともに菖蒲が現れる。手には湯気の立つお茶が用意されていた。

「日高は本当に月乃屋のことを考えてくれているの」

それにと口を噤んで盆をサイドテーブルに置く。白い手は小刻みに震えていた。

身を翻し目を逸らさずに幹比古を見つめる。

「私も昔からずっと日高のことが好きだったの。だから、お願い。月乃屋のためだけじゃないの」

幹比古は長い沈黙ののち、「……わかった」と呟いた。先ほどよりも大きな溜め息を吐く。

「婚約を認めよう。ただし、必ず月乃屋を立て直すように」

＊＊＊

一応幹比古を説得できたのだろうか。

菖蒲は耀一朗とともに病院の自動ドアを潜った。

「とりあえず第一戦はなんとかなったな」

「……うん」

耀一朗は「乗って帰るか？」と駐車場の方向に目を向けた。

「車で来たの？」

「東京からドライブがてらな」

どうしようかとちょっと迷ったが、結局耀一朗の愛車に乗せてもらうことになった。

その愛車が限定モデルの高級外車だったのでぎょっとする。

確か余裕で数千万を超えていたはずだった。今日の熱海の空に浮かんだ雲のようなホワイトカラーが気持ちがいい。

「素敵な車に乗っているのね」

「だろう？」

ふと、耀一朗の母の千晴は同じ高級車でも国産車に乗っていたのにと思い出す。

耀一朗に促されて助手席に乗り込みながら、何気なく「日高は外車が好きなのね」と口にした。

「うちのおふくろは国産主義だよな」

菖蒲もどちらかといえば国産にしたい派だ。

「日高はどうなの？」

「俺は自分が好きなら日本産でも北極産でも火星産でも構わないな」

「……そう」

耀一朗はフットワークが軽く行動が早いだけではない。精神や感性が柔軟なのだと思い知らされる。

だから、かつてのライバルへの婿入りも躊躇わない。果たして自分が同じ立場で同じことができただろうかと考えてしまう。

菖蒲はシートベルトを締めると、「ねえ」と耀一朗の顔を見ずに声をかけた。

「……本当によかったの？」

耀一朗が月乃屋の立て直しに協力してくれるのみならず誓約書まで書いてくるとは思わなかった。

それだけではなく、海陽館ホールディングスの社長を辞める覚悟まで表明するとは。

「あれくらいやらないとあの親父さんは納得しないだろう。想定内だ」

「……」

菖蒲はそうではないと心の中で叫ぶ。

「だって……これじゃあなたの方が失うものが多すぎるじゃない」

「なんだ。心配してくれるのか？」

「そうじゃなくて不平等が嫌いなだけよ」

こんな時まで意地を張る自分に嫌気が差した。代わりに何が差し出せるのかと悩ましい。

「俺は何にもなくしてないぞ？」

「でも……」

耀一朗は屈託のない笑みを浮かべた。

「お前、義理堅いなあ。そうだ。じゃあ、これからドライブに付き合ってくれ。それでトントン」

「トントンって……」

「時間あるだろう？」

今日は一日休みなので時間には余裕がある。

問題はそこではなかった。

（これってドライブデートじゃない？）

二十七にもなって情けないが、菖蒲は異性とのデートは初めてだった。異性からは何度も告白されてきたが、月乃屋のことばかり考えて、恋愛や結婚どころではなかったのだ。

今更耀一朗の隣に座っていることを意識してしまう。

耀一朗はアクセルを踏むとスピードを一段上げた。窓の外をまだ夏めいている熱海の景色が通り過ぎていく。凪いだ太平洋の水面はキラキラ輝いていた。

「なあ、大月。俺さっきちょっとドキッとしたぞ」

「えっ、さっきっていつ?」

「お前が茶を淹れて戻ってきたあと。〝私も昔からずっと日高のことが好きだったの〟って言ってくれただろう。お前、演技派だな」

「あれは……日高に合わせただけよ」

嘘だ。迫真の演技どころか本心だった。

恥ずかしさと恋心に頰が熱くなるのを感じる。

「それを言うならあなただってよく私を高校の頃から好きでしたなんて言えたわね」

一瞬の沈黙があった。

「……そうでも言わないと親父さんが納得しなかっただろうからな」

気まずいような、じれったいような、ずっとこのままでいたいような——。

菖蒲は十代の頃に逆行した気がした。

「なあ」

不意に耀一朗が沈黙を破る。

ょっとイラッとする。

いつもはなんでも遠慮なく言う耀一朗らしくもなく、なかなか話を切り出さないのでち

「……？」

「あのさ」

「何？」

「どうしたの？　言いたいことがあるならちゃんと言って」

そう口にしてまた可愛くない言い方になってしまったと後悔した。

「……その、何言われても怒ったりしないから」

耀一朗は前を見たままぽつりと呟いた。

「着物も似合うけど、洋服もいいな」

「えっ……」

シャープなラインを描く頬がほんのり赤くなっているように見えた。

「初めて見た時ちょっと見惚れたぞ」

予想外の褒め言葉にみるみる顔が熱くなる。

今度は「そんなこと言って」などという憎まれ口は叩かなかった。

「……ありがと」

そう素直に口にすることができた。

＊＊＊

「……ありがと」

洋服が似合っていたと褒めると、菖蒲は意外にもそう返してくれた。

耀一朗は車を走らせながら隣の菖蒲をチラリと見た。

菖蒲は窓を少し開けて長い黒髪を風に靡《なび》かせている。時折見え隠れする首筋がほんのり赤く染まっているように見えるのは気のせいだろうか。

今日の彼女は着物姿とは違って、年相応の若い女性に見える。それもまた魅力的で目を離せなくなる。

それにしても、病室での菖蒲の「私も昔からずっと日高のことが好きだったの」発言には度肝を抜かれた。一瞬、本気にしたくなるほどの説得力で、録音して記念に取っておきたかったくらいだ。

（……いつか本気で言わせる）

また、自分の高校の頃から好意を抱いていたというセリフも、いつか菖蒲に演技としてではなく本気で受け止めてほしいと願う。

今日の熱海は晴れて気持ちがいい。潮風の香りを嗅いでいると、不思議と未来は明るい気がしてきた。

＊＊＊

耀一朗が改めて月乃屋を訪れたのはその一ヶ月後のこと。

季節は夏から秋へと移り変わっており、海の色が一段濃いブルーに落ち着いている。街行く女性もカーディガンやフーディを羽織り始めていた。

その日耀一朗は一人ではなく秘書の瀬木と何人かの部下を引き連れていた。

「初めてお目に掛かります。私は秘書の瀬木と申します」

「僕は営業部の大野《おおの》です」

菖蒲は全員と月乃屋の名の入った名刺を交換し、接客用の微笑みを浮かべた。

「大野さんですね。これからお世話になりますがどうぞよろしくお願いします」

「あっ、はっ、はいっ」

部下の一人は惚けたように菖蒲を見つめていたが、声をかけられて我に返りシャキンと背を伸ばした。

その様子を横目で眺めていた耀一朗が後日東京に戻る新幹線の中で、「女将は俺の婚約者なんだから惚れるなよ」、と念を押していたことなど菖蒲は知るよしもなかった。

耀一朗は従業員用出入り口から月乃屋に入ると、「お前も俺と一緒に見回ってくれ」と菖蒲に頼んだ。

今日から調査報告書をもとに本格的に経営改善を行っていくのだという。前準備として改めて施設内のすべてに目を通していきたいのだと。

そのために月に二、三度は熱海に来るとのことで、菖蒲は耀一朗と会える日が増えると思うと嬉しかった。

耀一朗はチェックイン時刻前に済ませろと部下に声をかけ、手分けをして客室や大浴場はもちろん、厨房や事務所、果てはトイレまで点検していった。

事務所では過去十年間に亘る帳簿や人事情報や顧客リストに目を通し、紙の資料はすべてコピーして東京に持ち帰り、電子データと合わせて懇意にしているマーケティング会社に分析させるのだという。

それから二週間後にまた月乃屋にやって来て、菖蒲と二人きりで話がしたいと申し出た。

月乃屋内の開店前の料亭の個室を借り、座卓を挟んで向かい合う。

耀一朗は「話が長くなるから悪いな」とどかりと胡座を掻くと、書類とパソコンの画面を交互に見せてわかりやすく説明してくれた。

「ざっと説明していくぞ。エアコンや温泉の配管の管理で付き合いのある業者はあるか？」

「ええ」

「最後の設備更新は？」

「確か五年前だと……」

「一度館内の設備を全部専門家に点検してもらった方がいい。いくつか動きが悪いところがあった。ボイラー、貯水槽、濾過器も大分古い。更新した方がいいと思う」

経費は嵩むがあとからクレームになるよりはるかにマシだと。

「逆にサービス面は経費を削っていくぞ」

「でも、それじゃお客様の満足度が下がるんじゃない？」

「そうでもない。例えば部屋食。体が不自由な客がいて希望されたとか、特別な理由がある時以外はやめよう」

代わりに料亭内に仕切りを設けて個室化し、そちらに案内した方がいいと。

「部屋食って仲居が必要になってくるだろう？　それだとどうしても経験のある従業員限定の採用になる。旅館によくある人手不足の理由の一つだ」

「確かに……」

「だけど料亭をレストラン化してしまえば、従業員の訓練も必要最低限で済む」

「なるほど、そうね」

耀一朗はそこで話を一旦止めた。

テーブルの上で手を組んで菖蒲の顔をじっと見つめる。

ライトブラウンの瞳に自分が映っているのを見て、菖蒲の心臓がドキリと鳴った。

「もちろん俺の改善案を全部聞く必要はない。お前にもこだわり――月乃屋のコンセプトがあるだろうから。譲れない部分は遠慮なく言ってくれ。妥協案を考える。俺も自分の改善案以外無理だと思えばはっきり反対するから」

「うん……」

菖蒲は頷きながら感嘆の息を吐いた。

「日高って……すごいね」

「すごい？　俺が？」

「うん、私じゃできなかったことだもの」

耀一朗が切れ長の双眸を見開き黙り込む。

「どうしたの？」

「お前に褒められる日が来るとは思わなかった」

「……」

菖蒲はこれまでのおのれの言動を振り返り、心の中では何度も耀一朗を賛美していたが、口にしたことはなかったと気付いた。それどころかツンツンしていたのだ。

「ご、ごめん。でも、日高はしょっちゅう誰かに褒められているでしょう？」

何せ老舗旅館の長男、かつ若くして一社の社長。部下や取引先だけでなくプライベートでもすごい、すごいともて囃されているのではないか。

「まあ、そうだけどさ」

耀一朗は菖蒲からわずかに目を逸らした。

「やっぱり男って女に〝すごい〟って言われると、それだけで張り切るんだよ。嫁さんになる人からだと尚更だ」

「えっ……」

「だからその、遠慮なく褒めていいんだぞ」

「……」

照れ隠しなのだろう。少々子どもっぽいその言動がおかしくも愛おしくなり、ついくすりと笑ってしまう。

そうか、耀一朗とはこういう人なのかと、新たな一面を発見できたのも嬉しかった。

「うん。わかったわ。これからそうしてみる」

そう、自分たちは婚約者で近い将来夫婦になるのだから遠慮はいらない。そう思うと心がまた少し軽くなった。

それにしてもと首を傾げる。

「日高はコンサルタントの仕事をしていたわけじゃないんでしょう?」

なのに、的確かつ受け入れやすい提案を次々としてくれる。

「……まあな。一応、会社で似たような仕事はしていたさ」

「それでもすごいよ……」

菖蒲は高校時代から月乃屋を手伝っていたのに、何も見えていなかった自分が不甲斐なく情けなかった。耀一朗を尊敬する反面、こんな時までプライドを傷付けられ、悔しく思っているところにも呆れてしまう。

耀一朗は「大月」と菖蒲を呼んで目を覗き込んだ。

「できることとできないことがあって当たり前だ。そのために男と女がいて、夫と妻が、俺とお前がいるんだ」

「……」

真剣な眼差しに搦め捕られて声が出ない。心臓がドキドキと早鐘を打ち始める。

「それにさ」

耀一朗はふと目を細めた。

「ここが世界の中心なんだろ?」

人差し指でトンと座卓を叩く。

「世界中の人を集めるんだろ? めげずに頑張ろうぜ」

「日高……どうして……」

菖蒲は思わず目を瞬かせた。

高校生の頃から胸に抱いてきた夢をなぜ耀一朗が知っているのか。

「さあ、どうしてだろうな」

耀一朗は笑いながら菖蒲を優しい目で見つめている。

(どうしよう……)

菖蒲は左胸にそっと手を当てた。

(婚約前よりずっと、どんどん好きになっている……)

耀一朗と婚約し、月乃屋の立て直しを手伝ってもらい始めてから、財務状況のことばかり考えて追い詰められていた気持ちが大分楽になっている。

先日見舞った幹比古にも指摘された。

『菖蒲、なんだか元気になったな』

『えっ、私元気なかった?』

『ないわけじゃないけど空元気に見えたな』

さすが長年一人娘の父親をやっていただけあった。

『それは日高家の長男……いや、耀一朗君のおかげか?』

『もう、何を言っているの』

つい否定してしまうのはもはや二十七年に亘るくせだ。今更直る気もしないのでもう諦めていた。

『……俺の目は節穴だったなあ』

一体何を目的語としての一言だったのか、幹比古は別れ際苦笑しながらそう呟いていた。

月乃屋のフロントは二十四時間営業なので、必然的にシフト制が組まれることになる。九時から十八時までの早番、十八時から二十四時までの遅番、二十四時から翌日九時までの夜番で、人手不足の現在、菖蒲もフロントを担当することがあった。

今日は十八時までの早番である。

訪れる客の受付をするかたわら、顧客に記入を頼んだアンケートの結果をパソコンに打ち込んでいた。

一ヶ月分が溜まったら耀一朗に送信するよう頼まれている。今後のサービス改善案に利用するつもりなのだろう。

（メイクをするのに灯りが弱いか。確かに、女性には大事なことよね。でも、明るすぎると落ち着かないって前にお年寄りの方に言われたことがあったし……）

こうした一つ一つの声を聞き逃さず、コスト面や客全体の傾向と照らし合わせ、どう役立てていくか――菖蒲もアイデアを出せと言われている。

「うん、頑張らなくちゃね」

自分の取り柄はそれくらいなのだからと頷き、ちらりと腕時計に目を落とした。

もうじき十八時だ。

今夜は十九時から耀一朗と高台にあるフレンチレストランで夕食を取ることになっている。

十八時半にあの白い車で迎えに来てくれるはずで、今からもうドキドキしていた。

『俺は高校の頃から……もしかするともっと昔から菖蒲さんに好意を抱いていました』

耀一朗の顔を思い浮かべるとあのセリフも連想し、初めての彼氏と付き合い始めの女子高生のように一人で頬を染めてしまう。

「女将、どうしたんですか？　顔が赤いですけど熱ですか？」

「あ、違います。ちょっとぼーっとしてて……」

恋に浮かれる小娘ではないのだからと自分に言い聞かせ、ようやく落ち着きを取り戻した直後のことだった。

「――お前じゃ話にならねえ！　女将を呼べ！」

玄関から男性の怒鳴り声が聞こえる。

「女将、今のは」

「ちょっと出てきます」

菖蒲はすぐさまフロントから出ると玄関前に向かった。男性の従業員の一人が追ってくる。

「女将、一人では危険です」

「ありがとう。じゃあ、一緒に来てください」

二人で外に出ると別の客の荷物を運ぼうとしていたのだろうか。まだ若い仲居の一人が泣きそうな顔でオロオロしていた。

「ほ、本日は満室で……。それに、四谷《よつや》様という方のお名前はうかがっておらず……」

男性が再び仲居に罵声を浴びせかける。

「だーかーらー！　俺は予約したって言ったじゃねえか！　なのに部屋が用意できてないとはどういうことだあ!?」

見るからにガラの悪そうな中年男性だった。

菖蒲も顔を知らないところからすると、常連でも二度目のリピーターでもない。一度来た客の顔は忘れないからだ。だが、四谷という名前にうっすらと聞き覚えがあった。

ということは、協同組合から通達された悪質クレーマーの一人か。

接客業には年に何度かこうした迷惑客が現れる。

菖蒲はすぐさま仲居の前に立ちはだかった。

軽く頭を下げ「当館の女将を務めております大月と申します」と名乗る。

「ああ？　あんたみたいな小娘が女将だと？」

男性がニヤリと嫌らしく笑った。若い女が相手なら簡単に脅せると踏んだのか、距離を詰めて菖蒲を睨め付ける。

「俺はなあ、一ヶ月前確かに予約を入れたんだよ。なのにあの女、俺の名前なんて聞いたこともないと言いやがる」

ブッキングのミスはパソコンがない時代はあったそうだが、この三十年はまったくないはずだ。

ということは、やはりこの男性はクレーマーなのだろう。

「事実確認が済みますまで、しばらくのお時間をいただけませんでしょうか」

「時間だあ!?　じゃあ、俺は今日どこに泊まれって言うんだよ!!」

「……」

こうしたクレーマーには必要以上にへりくだってはいけない。つけ上がらせると、無理な要求が増えるだけだ。

菖蒲は凜とした声でこう対応した。

「私が責任をもって同格の旅館の空室をお探しします」

同格の旅館と聞いて男が一瞬口籠もった。

月乃屋は現在の相場で最低一泊約五万円。スイートルームに当たる和室では二十万円するのでそう簡単に泊まれるところではない。

男性は恐らく金を持っていないのでそうした対応は困るのだろう。

「当然、迷惑料としてその分の金はそっちが払うんだろなあ？　あ？」

もちろん菖蒲にそんなつもりは一切なかった。

「代替案を用意し直接謝罪させていただくことが当館として最大の誠意と考えております」

「おい、そんな舐めた態度が社会で通用すると思ってんのか⁉」

「当館の方針ですので」

「あのなあ！」

男性が菖蒲の胸倉を掴んだ。

「……っ」

ギリギリと締め上げられるとさすがに苦しい。

「やめてください！　女将を離してください！」

男性従業員が止めようとしているが、男性が「客を殴ろうってのか⁉」と威嚇したことで躊躇する。

クレーマーの男性は「誠意を見せろって言ってんだよ！」と怒鳴った。

「こんなに立派な店だ。それくらい簡単――」

脅し文句が途中で止まる。同時にその体が宙に浮き菖蒲から手を離した。

解放された菖蒲はバランスを崩してその場にしゃがみ込む。咳き込んでいると先ほどの仲居と男性従業員がすっ飛んできた。

「女将、大丈夫ですか⁉」

「え、ええ……」

一体何が起こったのかと顔を上げると、背後から長身の男性がクレーマーの首根っこを子猫にするように摘まみ上げていた。それだけですごい力の持ち主だとわかる。

「なっ……誰だっ！　旅館の回し者かよ‼　離せっ‼」

次の瞬間、クレーマーの体が数メートル先に放り投げられた。

「ぐっ……！」

白黒の砂利石が男を中心に弾け飛ぶ。

「こ、この……よくも……てめえぶっ殺してやる！」

クレーマーはよろめきながら立ち上がったが、すぐに目を見開いてその場に立ち尽くした。

相手が予想以上に背が高かったからだろう。数歩後ずさり震える声で「な、何者だよ！」と先ほどより勢いのない声で喚く。

男性は——耀一朗はネクタイを直しつつ舌打ちをした。ライトブラウンの瞳はどこまでも冷静で逆に怖くなる。

「……通りすがりの社長だ。あんた、さっきぶっ殺してやると言ったな」

「そ、それがどうした」

「脅迫罪が成立するな。これでお望み通り前科一犯だ」

耀一朗は懐からスマホを取り出し電話をかけた。

「もしもし、警察ですか。こちら伊豆山《いずさん》にある旅館の月乃屋です。先ほどやって来た客が従業員に暴力を振るいましてね。はい。名前は四谷貞之《さだゆき》というそうです」

なんと耀一朗はいつの間に抜いたのかクレーマーの免許証を手にしていた。

「なっ……！　お前いつの間に……！」

クレーマーは取り返そうとしたが、耀一朗に軽くいなされただけではない。耀一朗はスマホを耳に当てながら左手一本で彼を砂利の上に押さえ付けてしまった。

圧倒的な力の差を思い知らされ、さすがに絶句している。

「はい。私は日高と申します。それではお待ちしております」

その頃になってようやく我に返ったのか、男性従業員も慌てて日高に加勢した。

「あっ、ありがとうございます！」

「この男は俺が押さえておくから、大月に……女将に怪我がないか確認してくれないか」

「わかりました！」

菖蒲は事務室に連れて行かれて応急手当を受けた。軽い擦り傷だけだったのが幸いだった。

しかし、消毒液や絆創膏ではショックを受けた心の傷は癒やせない。

（もしあの時日高が来てくれなかったら……）

一体どんな目に遭わされていたのだろう。

想像すると体が小刻みに震え出した。

（何をやっているの。女将ならこれくらい想定内でしょう）

必死に自分に言い聞かせても震えは止まらない。

ようやく落ち着きを取り戻したのは、駆け付けたパトカーにクレーマーが連行され、月乃屋に静けさが戻ってきてからだった。


あのクレーマーは近頃熱海の高級旅館に出没し、クレームを付けて金を脅し取ろうとする常習犯だったのだとか。やはり組合から回って来た要注意人物リストに名前があった。すでに何件か被害届が出されており、警察にマークされていたとのことだった。

「災難だったな」

耀一朗は助手席の菖蒲に慰めの言葉をかけた。

「しばらくパトロールを強化してくれるそうだから当分来ないと思う」

「……うん。さっきは助けてくれてありがとう」

結局警察での手続きに追われフレンチディナーはキャンセルせざるを得なかった。代わりにどこでも付き合ってくれるというので、こうして気分転換に夜のドライブに連れて行ってもらっている。

「フレンチはまた今度にするか。どうせなら東京に来いよ。いい店連れて行ってやる」

「……そうだね」

いけない。元気を出さなければと思うのにうまくいかない。

すると耀一朗がこちらを見てもいないのに不意にこう呟いた。

「大月、俺の前でまで笑顔でいなきゃとか愛想良くしなくちゃとか考えるなよ」

図星を指されてドキリとする。

「落ち込んでいるなら落ち込んでいるで、疲れているなら疲れているでいい。なんだったらツンツンしていても構わないぞ」

「何よそれ」

おかしくなってつい笑ってしまった。自分を元気付けるために言ってくれたのだと思うと、今度はその思いやりが嬉しくて切なくて泣きたくなる。

耀一朗は運転しながら「ほら、見ろよ」と窓の外に目をやった。

「わあ……」

歩道の向こうの海がライトアップされている。青と緑の光が緩やかな波の上で入り交じり、揺れるさまは蜃気楼や幻、あるいは天の川のようでたちまち心を奪われた。

「お客様は案内したことあるんだけど、私は一度も来たことなかったの」

「お前、彼氏できたことないのか？　熱海の一番のデートスポットだろ」

「……私、恋愛したことなかったから」

幼い頃から告白は数多くされたが、耀一朗を好きになるまで全然興味がなかった。情熱はほとんど月乃屋に注ぎ込んでいたから。

「一人もいたことがないのか？」

「そんな時間があったと思う？　強いて言えば月乃屋が恋人ね」

「……そうか」

車の走るスピードが一段上がる。

「大月、特に行きたいところがないなら俺のセレクトでもいいか？」

「ええ。どこに行くつもり？」

「とりあえず何か腹に入れたいからな」

耀一朗はニッと笑ってまたアクセルを踏んだ。

菖蒲はファストフードをあまり食べたことがない。

両親の教育方針もあったが、菖蒲本人ももともと少食だった上、脂っこい味を好まなかったのだ。特にハンバーガーのように手で持って食べるものにはどうしても抵抗があった。だから耀一朗が英国風パブの前で車を停め、「ちょっと待て」と店に入って十五分後、紙袋を手に戻ってきて「ほら」と渡された時には戸惑った。

ほかほかしているところと立ち上る香りからしてファストフードだ。

「これは何？」

「フィッシュアンドチップス。もちろん魚は熱海のものを使っている。アナハゼともう一つはなんだったかな。とにかく魚には違いない」

フィッシュアンドチップスは菖蒲も知っていた。確かイギリスのファストフードではなかったか。

「ファストフードというよりは国民食だな。一度でいいから騙されたと思って食ってみろ」

この店のフィッシュアンドチップスは絶品なのだとか。

「車の中で食べるの？」

「そうだな。どこか適当なところに停めて――」

耀一朗はわずかに目を見開いた。

「よし、あそこにするか」

はて、あそことはどこだろうか。

菖蒲が首を傾げていると、耀一朗は「もう一つの天の川を見せてやるよ」とニッと笑った。

「もう一つの天の川……？」

耀一朗は首を傾げる菖蒲に答えぬまま車を走らせた。

「ねえ、どこに行くの？」

「楽しみにしてろ」

耀一朗は今まで見たこともない道を進んでいった。細い山道なので車幅は大丈夫かとハラハラする。

この辺りには旅館どころか民家も店舗もない。街灯すらほとんどないので車のライトだけが頼りだ。

「日高、ここって一体どこ？」

「よし、着いたぞ」

耀一朗は窓を開け「見てみろ」と外を指差した。

「……？」

何気なく振り返って目を見開く。

ガードレールの向こうに天の川が流れている。いや、地上なのだから星々ではない。人々の営みが集まった色とりどりの街の光だった。

「すごい。綺麗……」

人間の生み出した第二の天の川の美しさに息を呑むのと同時に、まだ熱海にも知らないところがあったのだと感動する。

「穴場だろ？　熱海城からの夜景も綺麗だけど人が多いからな。ここなら誰もいないだろ」

「いつこんなところを見つけたの？」

「高校の頃だな。二輪の免許取った頃だから十八歳だったか」

バイクで東京の隆人宅に遊びに行ったり、熱海の街中を走り回ったりしたのだとか。

「えっ、日高ってバイクも乗れるの」

この告白にはぎょっとした。

「おふくろには二輪は危ないって禁止されてたから自力で買ったんだよな。懐かしい」

耀一朗は菖蒲の膝の上の紙袋をひょいと手に取った。中から紙に包まれた魚のフライとアイスコーヒーを取り出す。

「ビールが一番合うんだけどな。ほら、食ってみろよ」

菖蒲もオレンジジュースとフライを手渡され、恐る恐る一口食べた。

「あっ、美味しい」

さっくりとした衣の中にコクのある味わいの白身魚が収まっている。

「だろう？　ファストフードも作りたてが美味い」

耀一朗も笑顔で自分の分を一口齧った。

その横顔を見ながら苦手だったファストフードが美味しいのは、こうして耀一朗と一緒に食べているからだと思う。

恐らく一般的な女性は皆こうした経験を学生時代に済ませ、大人になっていくのだろう。

ふと、高校時代にもっと素直になって、仲良くなって、恋人なんて贅沢は言わない。普通にお喋りができるくらいの友だちになれていたらと思う。

だが、過去には戻れないし青春を取り戻すこともできない。それでも素直になることは遅くないはずだった。

菖蒲はポテトを摘まみつつ話題を変えた。

「……さっき言っていたバイクのお金はどうしたの」

「さっきブリティッシュパブに行っただろう。あそこでボーイのバイトして貯めたんだ」

「なっ……バイト!?」

「時々料理もしててよくフィッシュアンドチップスも作っていたな」

まさか日高旅館の長男が――お坊ちゃまがアルバイトをしていたとは。

「お前も高校から月乃屋で働いていただろう」

「あ、あれはアルバイトというよりは修業で……」

それに、当時通っていた高校では原則アルバイトは禁止だった。菖蒲の場合は家業の手伝いだからと特別に許可をもらっていたのだ。

「えっ、じゃあ日高は……」

「もちろん無許可だ。バレなくてよかった」

老若を問わず特に女性客に大変可愛がられ、毎度チップを山とポケットに詰め込まれたので、あっという間に目標金額に達したのだとか。

自分の容姿と外面――愛想の良さを最大限に生かしているところがすごい。

「反対されるからってのもあったけど、自分で稼いだ金で買いたかったんだよな」

あっけらかんと打ち明けられて絶句する。

「じゃああなたって勉強と部活とアルバイトを掛け持ちしていたの⁉」

「それもお互い様だろう」

こちらは修業だが耀一朗の場合は遊びである。しかも、同じく時々日高旅館を手伝ってもいたのだという。

菖蒲は溜め息を吐くしかなかった。

自分は忙しすぎて遊ぶことなど頭に浮かばなかったのに。

（日高は私とは全然違う。本当に頭がいいんだわ）

だから余暇ができる。社長業と月乃屋の婿、二足のわらじも耀一朗にとっては容易いのかもしれない。

「……もう、悔しいなあ」

菖蒲は苦笑して窓の縁に腕を置いた。

「悔しい？　どうして」

「日高には敵わないなって思って」

先ほどクレーマーから助けてもらった時もそう思った。

耀一朗は身も心も力も大きい。

またムクムクと負けず嫌い根性が湧き上がってくる。

「……私だけじゃあのクレーマーに対処できなかった」

「大月、時と場合ってやつがあるだろう。暴力を振るおうとする輩にそう簡単に太刀打ちできるわけがない。相手が客だと思うと反撃しにくいしな」

耀一朗は「でもまあ」と苦笑した。

「悔しいってところがお前らしいよ」

更に思いがけない言葉を続ける。

「そういうところが好きなんだよな」

菖蒲はその一言が信じられずに目を瞬かせた。

やっと素直になろうと決意して、いつ気持ちを打ち明けようかとタイミングを推し量っていたのに、不意打ちで先に告白されたのだから。

「今なんて……」

「お前が好きだなって」

「……び、微妙に違っていない？」

「俺にとってはイコールなんだよ」

その微笑みに先を越されて悔しいと感じてしまう。

しかし、菖蒲にはまだ勝機があった。

「ねえ、日高、口にポテトの欠片ついてる」

「ん？　どこだ？」

「ほら、ここ」

指先で薄い唇を拭ってふわりと笑い、耀一朗がそれに目を奪われた次の瞬間、頬を包み込んでそっとキスをした。

ほんの一瞬触れるだけのキスだった。

それでも耀一朗には衝撃的だったのか、切れ長の目を大きく見開いて絶句している。

「……ん。こっちのフライはマゴチだった？」

耀一朗がその言葉で我に返った。

「……さすが月乃屋の女将。熱海の魚の味をよく知っているな」

反撃とばかりに菖蒲を胸に抱き寄せる。

そしてわずかに開いた桜色の唇に深く口付けた。

「……っ」

唇を割り開かれ、歯茎をなぞられ呼吸困難に陥りそうになる。舌先をちゅっと軽く吸われると脳裏に火花が散ってクラクラとした。

（ちょっ……何、このキス）

こんなキスは反則だと離れようとしたが、背に手を回されてぐいと抱き締められる。

舌が絡み合いぐちゅぐちゅと唾液が入り交じる音がする。同時に密着したスーツ越しに広い胸が激しく上下し、耀一朗の心臓も早鐘を打っているのだと気付いた。

「ん……う」

このままでは呼吸困難と唇の熱さで死んでしまうと、思わず呻いた次の瞬間、不意に唇が離れた。

「はっ……」

涙目で耀一朗の目を見つめる。

熱っぽくなってはいるが、小憎らしいことに耀一朗はまだ余裕がありそうだった。

濡れた菖蒲の唇の輪郭を耀一朗の指先がなぞる。

耀一朗の瞳はライトブラウンの中にハシバミ色が交じっている。

その複雑な色彩に魅入られていると、同じく菖蒲の目を覗き込んでいた耀一朗が再び唇に口付けた。

「……お前の目ってさ、黒いのにキラキラしてるよな。全部、食っちまいたい……」

再び噛み付くように口付けられる。

その頃にはすでにお互い勝つだの負けるだのそんなことはもうどうでもよくなっていた。

その夜は二人とも別れがたく、目に付いた一番近くのホテルに泊まった。

菖蒲は仕事だろうと私用だろうと他店のホテルや旅館に宿泊する場合、必ずサービスや料理、設備をチェックしていた。

気になる点があれば月乃屋に当てはまらないか気を付けるし、参考になるところがあれば可能なら取り入れるためだ。

その日泊まったのは海沿いの、たまたま空き室のあったホテルだった。窓を開けておけば波の音が聞こえるところが魅力的だ。

ただ、内装は清潔感こそあるが特に個性はなく、売りは広々としたベッドくらいだろうか。宿の魅力でリピーターを増やすタイプではない。

それくらいの情報しか頭に入ってこなかった。

耀一朗は菖蒲をそっとベッドに横たえた。

純白のシーツの上にくせのない黒髪が広がる。

ぎしりとベッドが軋んでそこに菖蒲の心臓の音が重なる。

もう自分でも聞こえるほど激しく脈打っていた。

「やっぱり髪、綺麗だな」

耀一朗は菖蒲のバスローブをはだけさせると、胸元にかかっていた一房の髪を指先に巻き付けた。そっと目を伏せて愛おしげに口付ける。

長い睫毛の影がライトブラウンの瞳の上に落ちる。その仕草の一つ一つから目が離せない。男性でもこんなに色気があるのかと見惚れてる。

「……怖いか？　初めてだって言っていたよな。できるだけ優しくしたいところだけど、正直セーブできるか自信がない」

「だ、大丈夫よ。もうこんな年なんだから」

本当は少々怖かったがつい強がってしまう。やはり長年の性格はそう簡単に改善できそうになかった。

「俺から見れば高校の頃とそんなに変わっていないけどな」

「……それって成長してないって言いたいの？」

「相変わらず可愛いなってこと」

耀一朗は微笑みながらバスローブの腰帯をするりと引き、ガウンを衣擦れの音とともに脱ぎ捨てた。

グレーなどの体が引き締まって見える色のスーツが多かったからだろうか。今時の若者らしく耀一朗は痩せ型だと菖蒲は思い込んでいた。

だが、今目にしている裸身は印象がまったく違う。

肩幅は広くがっしりしていて、長い腕には筋が浮いており逞しい。腹部は引き締まっている上に割れ、人の肉体であるにもかかわらず硬質な印象を受ける。筋肉で構成されたその体は曲線で構成された菖蒲のそれとは真逆だった。

なぜか恥ずかしくなって目を逸らしてしまう。

一方、耀一朗はにっと笑って菖蒲の目を覗き込んだ。

「いい体してるだろ？　結構自信あるんだ」

ジョギングとジムでのトレーニングを欠かしていないのだとか。

菖蒲は羞恥心から再度視線を背けた。

「他の男の人の体なんて見たことないから、比較しようがないわよ」

「……それむしろ俺を煽っているぞ」

耀一朗はちゅっと音を立てて菖蒲の首筋を吸った。

「ひゃっ」

菖蒲がくすぐったさに身を捩らせる間に、薄紅色に染まった胸の右側を包み込む。

耀一朗の手の平は大きいが、それでも豊かな乳房を摑み切れない。指の間から白い柔肉がはみ出ている。

「あっ……」

指先に力が込められ乳房の形が変わるごとに、菖蒲の心臓が跳ね上がり、肌が粟立ち、腹の奥がムズムズとする。

「あっ……ちょっ……あっ……」

「お前も着痩せするよな。すごく、そそる……」

今度は両の乳房をぐっと両手で鷲摑みにされる。

時には荒々しく、時には優しく緩急を付けて揉み込まれると、次第に体が内側から熱を持ち始めるのを感じた。

「あっ……あっ……ふあっ」

続いてピンと立った乳首をくりくりと指先で虐められ、喉の奥から熱っぽい息を吐き出してしまう。首筋にはピリピリと電流に似たものが走った。

その心地よさに胸だけではなくもっと広く深い部分に触れてほしいと切望する。

すると耀一朗の右手が離れ、脇腹へ下った。

「あ……ン」

肋骨をなぞるように触れられ背筋が震える。臍周りを軽く押されると腹の奥が更に熱くなり、自分の体はこんなところまで性感帯になっているのかと慄いた。更に腿や臀部を擦られ耀一朗の熱を肌に塗り込められる気分になる。

「日高……私、すごく、熱い。なんだか、変な気分……」

日高と呼ばれ耀一朗が手を止める。

「なあ、前から思っていたんだけど、どうせ同じ姓になるんだから、もう大月、日高は止めにしないか？」

「えっ、じゃあなんて呼べば」

「──耀一朗」

熱の込められたライトブラウンの双眸が快感に潤んだ黒い瞳を見下ろす。

「この名前結構気に入っているんだよな」

耀一朗の耀は光り輝くという意味があるのだという。

「ほら、日高って姓には太陽の日の文字が入っているだろう」

日高家には代々名に太陽、ないしは光を意味する漢字が入るのだとか。

菖蒲は恐る恐る初めて耀一朗の名を呼んだ。

「じゃあ、よういちろう……」

「もう一回呼んで」

「……耀一朗」

耀一朗は菖蒲にそう呼ばれるとふっと微笑み、「菖蒲」と耳元にそっと囁いた。

「ずっとお前を名前で呼びたかったよ」

耀一朗にも大月ではなく「菖蒲」と呼ばれると、自分の名前が世界で一番綺麗な響きを帯びた気がした。

「菖蒲って名前はどこから来たんだ？　初夏生まれじゃないだろ？」

「それは……」

菖蒲の名前は「あやめ」と呼ばせるが、「しょうぶ」と読むこともできる。

「亡くなった女将の祖母が勝負に勝つようにってつけてくれて……」

「なるほど。菖蒲の勝ち気なところは祖母さん由来か」

耀一朗は再び菖蒲の乳房を両手で持ち上げるようにして摑んだ。ぐっと上に押し上げたかと思うと、今度は中央に肉を寄せる。縦に潰されて谷間が更に深くなる。

「あっ……あっ……」

全身の血液が乳房に集中する。充血した乳首がますますぷっくりしてきた。

「よ、ういちろっ……」

菖蒲は思わず耀一朗の名を呼んだ。黒い瞳は涙で潤んでいる。

「ドキドキして……心臓、破裂しそうなの……」

耀一朗はほうと熱い息を吐いた。

「……俺もすごく緊張してる」

菖蒲の頬に手を当て掠れた声で告げる。

「お前があんまり可愛いから止められなくて……どこに触っても気持ちよくて……正直ヤバい」

菖蒲もまったく同じ心境だった。

「頭クラクラしておかしくなりそう……」

耀一朗は最後の一言を言い終えるが早いか、乳房にむしゃぶりついた。

「ひゃっ」

右胸に噛み付くように口付けられつい声を上げてしまう。軽く歯を立てられると全身が少し仰け反った。

「あっ……あ……ン」

軽い痛みがかえって心地よく、鼻にかかった喘ぎ声を漏らしてしまう。乳首を口に含まれちゅっと吸い上げられると、「んあっ」と上ずった声になった。

「よ、よいちろう……」

胸に溜まった熱を吸い出される感覚に悶える。ちゅっちゅと濡れた音が耳に届くたびに、こんなに、嫌らしいことをされているのだと感じてまた体温が上がった。

「……っ」

　思わず耀一朗の頭を掻き抱く。

「……そんなに気持ちよかった?」

「わ、かんないけどっ……」

　恥ずかしいのに耀一朗に離れてほしくないし、やめてほしくもない――そう蚊の鳴くような声で伝える。

「菖蒲、やっぱりお前って呷るの上手いわ……」

　耀一朗は溜め息を吐きながら、すらりとした白い足の間に手を伸ばした。そっと二本の指先を差し入れる。

「……っ」

　菖蒲は無意識のうちに足を閉ざそうとした。だが、濡れた花弁をぐちゅぐちゅと掻き分けて間に押し入られ、蜜口の周辺を円を描きながら愛撫されると、たちまち足が小刻みに震えて力が抜け落ちていく。

「あっ……」

　花心をくりくりと刺激され腰が跳ねる。足の爪先がピクリ、ピクリと痙攣した。

「ここ、気持ちいいだろ」

「……っ」

返事ができるはずもない。代わりに体が反応し、滾々と漏れ出てきた蜜が耀一朗の指先をしとどに濡らした。

「……すごいな。もうビショビショだ」

お前は嫌らしいと言われた気がして菖蒲の頬がますます赤くなる。

すると、耀一朗は「違うって」と菖蒲の頬を愛おしげに撫でた。その手つきは優しいのに菖蒲を見下ろすライトブラウンの瞳は対照的に劣情でギラギラ輝いている。

「……世界一可愛い女だなってことだよ」

今度は不意に小刻みに震える菖蒲の右足を抱え上げる。

「あっ……」

熱い肉棒の先端が蜜口に力を込めて宛がわれる。くちゅっと小さく濡れた音がする。

「あ……あっ……」

凶悪な肉棒が一度も男を受け入れたことのない隘路を限界まで押し広げていく。

「ひっ……あっ……ああっ……」

体をズブズブと中心から貫かれ、内臓を押し上げられる感覚に、菖蒲は口をパクパクさせて喘いだ。

――熱い。

「……っ」

耀一朗がとどめとばかりに腰を押し込む。

菖蒲は白い喉を曝け出してその瞬間に耐えた。

「あっ……」

先ほどまでは強張っていた全身から力が抜け落ち、今度は衝撃にガクガクと震えている。

黒い瞳には涙が浮かんでいた。

「あ、つい……耀一朗……」

「……もう終わりだみたいな顔しないでくれよ。これからなんだからさ」

耀一朗は菖蒲の涙を吸い取り、頬にキスをすると顔を歪めた。

「お前、こっちは締め付けてくるな……まだ緊張しているんだろうな」

「……っ」

「痛いか？」

菖蒲は首を小さく横に振った。

「痛くは、ないの……」

すっかり濡れていたからか、それとも体の相性が合っているのか、衝撃はあったが苦痛はない。

「でも、代わりに胸がきゅっとして……」

様々な感覚が入り乱れていてなんと言えばいいのかわからない。

一つだけ確かなのは自分を抱く耀一朗の存在だった。この人がすべてだと今は思える。

「……お願い。続けて」

「……」

耀一朗は何を思ったのだろうか。答えの代わりに腰をゆっくりと動かし始めた。

「あ……」

内壁を肉棒で擦られ、ぐちゅぐちゅと体内を掻き混ぜられる感覚が堪らない。体が内側から溶けていく気がした。

「あっ……あァっ……」

耀一朗の抽挿が次第にスピードを上げていく。合わせて菖蒲の心臓もドクドクと早鐘を打ち始めた。

「あっ……耀一朗っ……もっと……やさし、く……」

「……悪い。無理」

「ひあっ……」

不意に隘路の内壁の一点を突かれる。ぐぐっと押し上げられるとそこで快感が弾けて思考が飛び散った。生まれて初めての感覚に目を見開いて耀一朗の肩にしがみつく。

「ここ、感じるんだな」

耀一朗は熱い息を吐き出しながらなおもそこを抉った。

「あ……あっ……だっ……あっ……んあっ」

駄目という言葉すら出てこない。

「菖蒲……好きだ」

時折耳元に吐息とともに吹きかけられる囁きに脳髄が痺れる。

私もだと答えたいが喉が枯れて声が出ない。なのに、ぐぐっと最奥に押し入られると、まだ甲高い嬌声が上がるのだから不思議だった。

「あっ……あっ……耀一朗……」

ずるりと肉棒が引き抜かれるごとに、泡立った愛液が漏れてシーツにシミを作る。

再び一息に貫かれやっと吸った息までもが押し出された。

「んふっ……」

すかさず唇を重ねられて呼吸を奪われる。苦しいはずが快感が勝って脳がクラクラした。

「あっ……耀一朗……好き……ぃ……」

息も絶え絶えにもかかわらずもっと耀一朗を感じたいと、自然と足をその引き締まった腰に絡みつけてしまう。

どこからか大きな波がやって来るのを本能で察し、菖蒲はぶるりと身を震わせてその瞬間を待った。

「あっ……あああっ……」

「菖蒲……！」

耀一朗が菖蒲の臀部に手を回してぐっと自分の腰に押し付ける。ぶちゅっと圧力で何かが潰れる音がしたが構っていられなかった。

「ひっ……あっ……」

体内に押し込まれていた肉棒の質量が一気に増すのを感じ、菖蒲はまたぶるりと身を震わせた。

「くっ……」

腹の奥で灼熱の飛沫が弾け飛ぶ。同時に、視界が白く染まって何も考えられなくなった。

「……っ」

どちらからともなく互いの背に手を回す。

耀一朗はよほど心地いいのか、まだ菖蒲の中に自身の一部を収めたままだ。

好きだという言葉も名前ももう口にする必要がない。今はただ耀一朗の心臓の音だけを聞いていたかった。


心身ともに疲れていたからだろうか。菖蒲が目覚めたのは翌朝八時。

今日は休みだが、月乃屋の女将としては有り得ない時間だった。

「うそっ！」

慌てて飛び起き、まず見慣れない室内を見回す。

「そうだった。昨日私……」

耀一朗とドライブ中にキスをし、盛り上がるままにベッドインしたのだ。

なんということだと頭を抱える。

「～っ」

昨夜の出来事を思い出しシーツに顔を突っ伏して悶える。

（そうだ。ひだ……耀一朗は……）

隣にいないがどこに行ったのだろうか。

今日は耀一朗も休みだと聞いているので、東京に戻る必要もないはずだった。

「耀一朗、どこ？」

まだ呼び慣れていないその名を照れながらも口にする。

するとすぐに「おっ、起きたか」と反応があった。間もなくお湯がコポコポ沸き立つ音といい香りが鼻に届く。

壁際のテーブルに視線を向けると、バスローブ姿の耀一朗が部屋に備え付きのマシンでコーヒーを淹れていた。

「お前も飲むか？」

照れ臭くなりつつも菖蒲が「……うん」と頷くと、耀一朗はもう一杯コーヒーを注いでくれた。

「ほら」

二人でベッドに腰かけて温かいコーヒーを飲む。

いつの間にかカーテンが開け放たれている。秋の穏やかな光に揺れる柔らかな青い海の波が揺れていた。

こうして客の立場で朝の海を眺めることは初めてだ。

(そっか……。お客様はこんな気分でいたのね)

熱海の月乃屋でしか味わえない感動を目指してきた。だが、本当はこうして好きな人と一緒にいるだけでどこでも特別な場所になるのかもしれない。

「熱海の海ってやっぱり綺麗だな」

耀一朗がポツリと呟く。

それは菖蒲にとっては当たり前のことだった。だから、次の一言に驚いたのだ。

「今までそんなに好きじゃなかったけど」

「えっ、どうして……」

耀一朗は飲み干したコーヒーカップを両手に包み込んだ。海の青をライトブラウンの双眸に映したまま言葉を続ける。

「菖蒲は月乃屋の内情も全部打ち明けてくれただろ。だから、俺もこちらの事情を話さないとフェアじゃない気がしてさ」

「こちらの事情って……日高旅館の内情ってこと？」

「というよりは、日高家のことか。母……というよりは日高旅館の女将と俺ずっと折り合いが悪かったんだ。実は日高旅館も七年くらい前に経営難で一度潰れそうになったことがあってさ」

菖蒲もうっすらとそんな噂は聞いたことがあった。女将が倒れて経営が危ぶまれていると。

だが、すぐに立て直されたと聞いたので、さすが月乃屋の認めたライバル店の女将だと逆に感心していたのだ。

「ちょっと待って」

今まで見せ付けられてきた耀一朗の手腕と機転を思い出し、まさかとその端整な横顔を見つめる。

「まさか……日高旅館を立て直したのってあなただったの？」

七年前ということは当時耀一朗はまだ二十一歳。大学生だったはずだ。

「旅館経営にはありがちだけど日高旅館も長年どんぶり勘定だったんだ」

旅館の主力商品は一泊二食。宿泊と食事が分離されていないので、食事が売り上げの中どの程度のパーセンテージなのか把握しにくい。

そのために料亭側の受発注の予算の管理が甘くなり、廃棄やロスが見えにくくなる。

この問題は月乃屋でも起こっていたので菖蒲も事情はよく理解できた。

「この曖昧なところを悪用して経理と料理長が手を組んで横領を繰り返した」

千晴が二人とも長年の付き合いだからと信頼しきっていたのがまずかった。

「気が付いたら億単位で横領されていたってわけだ」

金額ははっきりとは言わなかったが、この分だと十億円くらいにはなっていたのかもしれない。

月乃屋も耀一朗の手が入ったことでどんぶり勘定を見直しているところだ。

逆に今苦境に陥って良かったのかもしれないと思う。そうでもなければ改める機会など永遠に訪れなかっただろう。

「この二人がある日残された現金を盗んで逃げて日高旅館も日高家も大混乱になった」

特に料理長と経理を信頼していた千晴はショックで寝込むほどだったらしい。

「大変……だったでしょう」

「それはもう」

耀一朗は肩を竦めて苦笑した。

「警察にも通報して二人は逮捕されたんだけど、当然金なんて残っているはずがない」

料理長は借金の返済、経理は女遊びとギャンブルに使い果たしてしまっていた。

「もう経営再建のコンサルタントを雇う金もなくて、倒産かってところまで行ったんだ。で、仕方がないから俺がやったってわけ」

もっとも肝心なところをさらりと流そうとしたのでぎょっとする。

「ちょっ、ちょっと待って。もうちょっと詳しく説明して」

「協同組合の理事長にも相談してみたけど、昔から改善すべき欠点はわかっていたから。とはいえいくら女将の息子でも大学生の若僧が指図すれば角が立つ。だから役員をやっていた親戚の一人に表に立ってもらったんだ」

「……」

菖蒲はゴクリと息を呑んだ。

耀一朗は地頭がいいどころではない。身内であれ冷静に客観的に分析する能力と経営者としての類い希な才能を持っている。

今更ながらとんでもない人物を婿入りさせようとしているのではないかと焦った。

耀一朗は「でもな」とふとライトブラウンの瞳に影を落とした。

「俺が改革したその欠点がおふくろにとってはずっと女将として大事にしていたところだったんだよな……」

耀一朗はまず家業的経営を企業のスタイルに変更。

更に融資を頼んだ再生ファンドの要望もあって、一族の反対を押し切り旧経営陣の一部を刷新。

その中には女将だった千晴も含まれていた。正確には女将の座には残るのだが、トップの権限は取り上げられた形になる。

加えて新たな役員によるプロジェクトチームを立ち上げ、長年の日高旅館の戦略と戦術を一から立て直し。

そして企業風土を根本から変えるべく新規雇用と従業員の再教育を大々的に行った。

「日高旅館で働いていた親戚やおふくろを慕っていた従業員からは当然大反対された。それで半分近く辞めたな」

それでも耀一朗は手を緩めなかった。

「おふくろの理念を守って潰れるか、日高旅館を企業化して生き残るか。俺は後者の方が重要だと思っていたんだ。その時はな」

こうして日高旅館の改革がすべて終わったのは二年後。

「ちょうど大学を卒業する頃に全部終わったんだったかな」

「全然知らなかった……」

菖蒲は溜め息を吐いた。

日高屋の動向には人一倍注意していたのに。

「そんな不祥事が明るみに出たらイメージダウンどころじゃない」

耀一朗は隆人の伝手でマスコミを抑えてもらい、関係者には厳重な緘口令を敷いて情報漏れを防いだと説明した。

「日高は後を継ごうと思わなかったの？」

「……」

耀一朗が不意に口を噤む。そして数秒のちぽつりとこう呟いた。

「違う仕事をしてみたかったし、それにおふくろに悪いことをしたからな。もともと折り合いが悪いところもあったから」

なんとなくピンと来て尋ねる。

「千晴さんに何か言われたの？」

耀一朗はその質問には答えなかった。

「俺がいなくても日和がいる。あいつはずっと女将になりたがっていた」

「千晴さんは今どうしているの？」

「もう日高旅館に顔は出していないから事実上の引退だな」

なお妹の日和は現在日高旅館で仲居頭として働いており、役員たちも次期女将候補とみなしているのだとか。

「日和なら日高家の直系だけど、あまりおふくろの影響を受けていないから、逆に女将にぴったりなんだ。俺は……ほら、戦争の英雄は平和になったら邪魔物になるだろ？　そんなところだ」

菖蒲はようやくなぜ耀一朗が婿入りを躊躇しなかったのか納得できた。

もう日高家にも日高旅館にも居場所がないと考えているのだ。

「耀一朗……」

そっと身を寄せ肩に頭を乗せる。

「……話してくれてありがとう」

耀一朗も菖蒲の肩に手を回した。

二人で秋の凪いだ熱海の海を眺める。

耀一朗がほうと溜め息を吐いた。

「女将として頑張るお前を見ていて思ったことがあった」

日高旅館を立て直した時には生き残ることが最優先だと考えていたと語る。

「だけど、どれだけ間違っていると思っても、おふくろの意見を尊重するべきだったんじゃないかってな。……ただ生き残ればいいってものじゃない」

あの頃くだらないと思っていたことも無駄だと感じていたこともそれなりに理由があったから存続していたのではないかと。

「傲慢、だったんだよな」

いつもクールかつ自信満々だった耀一朗が初めて弱音を吐く。

「……後悔している」

重い一言だった。

「耀一朗……」

「だから、月乃屋ではあんな無茶はしない。菖蒲や菖蒲の親父さんが大切にしているものを俺も大切にしたい」

耀一朗の一言、一言が胸に染み込んでいく。

「……あなたにもっと近づけた気がする」

教えてくれて嬉しかったとも告げる。

「それにしても、フェアじゃないといけないなんて耀一朗らしいね」

「そうか？　どちらかといえばお前っぽい気がしたけど」

その一言に以前はあれだけ反発し合っていたのに、実は自分たちは似ているのではないかと感じる。

菖蒲は再び窓の向こうに広がる熱海の海に目を向けた。

今日見た深い青は一生忘れられない気がした。

その後も耀一朗はコンスタントに月乃屋を訪れてくれた。

今日は空き部屋を借り切り、菖蒲、耀一朗、更に古参の従業員を交えての会議である。

「――迷惑客が来た時のマニュアルを作り直しておきましょう」

菖蒲が提案すると、この意見は全員に支持された。

「そうですね。やっぱり女将だけでは危険です」

「暴力はいけませんが、自衛はできるようにしておかないと。嫌な世の中ですが、まだまだ女だと舐めて掛かる輩も多いですからね」

以前の菖蒲であれば最後の意見には反発を覚えていただろう。だが今は、素直にその通りだと受け入れることができた。

実際恐ろしい体験をしたからだけではない。支えられること、助けられることは恥ずかしいことではないと、耀一朗のおかげで受け入れられるようになってきたからだ。

「じゃあ、マニュアルの修正は私と日高さんで行い、叩き台ができたら全員に周知します。その後に反対意見があれば私に直接言ってください」

「わかりました」

会議は無事終わり菖蒲は皆が部屋を出て行くのを見送った。

最後に腰を上げた耀一朗と二人残され、自然と見つめ合う。

耀一朗は菖蒲の背にそっと手を回した。着付けが崩れないよう、力を込めないところにぐっと来る。

「今日この部屋って一日空いているのか？」

「ええ、そうだけど」

「じゃあ、ちょっと休憩してもいいんじゃないか」

「もう、あとでね」

額をぺしっと軽く叩くと、耀一朗は「ちぇっ」と子どものように拗ねて見せた。

「そうだな。明日休みだもんな。それまで我慢しておく」

「あっ、ちょっと待って」

菖蒲は帯の中に仕舞っていたスマホを取り出した。

「あのね、お父さんがスマホに替えたの」

「おお、ついにか」

幹比古は長年ガラケーを愛用していたが、契約しているキャリアの方針で廃止されることになり、仕方がなくスマホに替えることになったのだ。

「それで大体のSNSに登録したから、耀一朗のIDを教えてくれって」

「オッケー。じゃあ、親父さんに伝えておいてくれよ」

耀一朗は気軽にそう答えたものの、その後一時間も経たぬうちに連絡が来た時には、さすがに幹比古の行動の早さに驚いた。

頑固だが一度決めればすぐ取りかかるあたり、やはり菖蒲と似ていると思いつつアプリを起動する。そして、トーク欄に書かれていたメッセージに目を見開いた。

第四章「もしかすると別れるかもしれない件」

菖蒲の父の幹比古は持病から入退院を繰り返しており、先月病状が悪化しまた病院に舞い戻っている。

耀一朗としてはこの将来の義父の病状も気がかりだった。

何せ菖蒲のたった一人の家族である。

そしてその家族から先日ＳＮＳで「一度会いたい」と言われた時には少々焦った。

(まさか気が変わってやっぱり娘はやらん！　なんて言ってこないよな)

今のところ月乃屋の立て直しは順調だから大丈夫だと思いたいが、何が起こるかわからないのが世の中というものである。

「では菖蒲さんも一緒に……」

『いいや、二人きりがいいんだ。菖蒲は連れて来ないでくれ』

ますますなんの用だと不穏な気分になったがやむを得ない。

それから一週間後の土曜日、耀一朗は一人戦地に行く心境で幹比古の入院する病院へ向かった。

「失礼します」

「ああ、よく来てくれたね」

病室の個室のドアを開けるとふわりと甘い香りが鼻に届く。

キンモクセイだ。まだオレンジの花が生き生きしているところからして生けられて間もないのだろう。

「綺麗ですね。それにいい香りです」

「そうだろう？　うちの庭で咲いた花なんだ。俺が一番好きな花でね」

幹比古の嬉しそうな顔からして、菖蒲が見舞いに持ってきたのだとすぐにわかった。

花屋で売られている華やかで高価な花よりも幹比古はこちらの方が喜ぶと知っていたのだろう。

こんな時菖蒲のさり気ない優しさを実感する。

「俺は花ではなく団子を持ってきました」

土産の和菓子のセットを見せると幹比古は「そちらもいいね」と笑った。

「ほら、座りなさい」

耀一朗に椅子を勧める。

「忙しいところを悪いね」

「いや、最近は社長も会社に居座っていると部下が早く帰れないからと追い出される時代で、午前中で終わったので大丈夫です」

「ははは、重役退勤ってやつか」

幹比古と会うのはこれで五度目か。ツンツンしたところがなくなったわけではないが、初めて会った時よりは大分雰囲気が柔らかくなっている。

「部下に聞いたよ。月乃屋も大分改善されているそうだな。若いのによくやってくれている」

「まだまだです。親父さんにも手伝ってほしいので早く帰ってきてください」

「親父さん」と呼ぶのも許してくれていた。

幹比古はふとサイドテーブルのキンモクセイに目を向けた。

「昨日菖蒲が見舞いに来てね」

月乃屋の現状を報告してくれたのだとか。

「礼を言うよ。私と菖蒲だけではどうしようもなかったから」

幹比古に認められつつあるとは感じていたが、ここまで言われたのは初めてだった。

「ほとんどは菖蒲さんの力ですよ。俺は手伝っているだけです」

「……月乃屋だけじゃない。菖蒲自身についてもだ」

今度はなんと「ありがとう」と頭を下げたのでさすがに驚く。

「親父さん、頭を上げてください」

「今の俺にできることはこれくらいだから受け取ってほしい」

幹比古はほうと息を吐いて顔を上げた。

「最近菖蒲がよく笑うようになったんだ。あの子は昔から無表情が多かったのに」

気を許した者の前でほどそうだったのだとか。

「ずっと旅館で働いてきたからか愛想笑いが身について、逆に自然に笑えなくなっていたんだろうな。……本当に可哀想なことをした」

小百合とともに月乃屋の経営で忙しかったので、幼い菖蒲になかなか構ってやれなかったと語る。

「菖蒲がよく月乃屋を手伝ってくれたのは私たちと一緒に過ごしたかったからじゃないかと今では思えてね……」

そんな娘に甘えて今まで来てしまったと幹比古は苦笑した。

「昔一度、君に〝女将の修業は大事だと思います。でも、その前に菖蒲さんは高校生です〟って言われたことがあっただろう。そんなことすら忘れていたくらいだ」

当時まだ高校生で遊びたい盛りだっただろうに、青春を味わわせてやることもできなかったと。

「……最近菖蒲はよく君の話をするんだ」

それも仕事ぶりではなくどんな食べ物が好きだとか、白い車に乗っているだとか、馬主になっているだとかそういったプライベートのことばかりらしい。

「その時本当に幸せそうに笑ってね……」

この笑顔のためなら月乃屋と日高旅館の確執などどうでもよくなってきたのだという。

「いえ、俺が菖蒲さんに幸せにしてもらっているんです」

何せ十年間の片思いがようやく実ったのだ。今は昔からのツンツンした顔だけではなく笑顔も見ることができて、俺は前世でさぞかし徳を積みまくったに違いないと確信するほどである。

「あはは、菖蒲も君も負けず嫌いだなあ」

幹比古はしんみりした雰囲気から一転して笑い出した。

釣られて耀一朗も笑う。

幹比古は一頻《ひとしき》り笑うとあらかじめ用意しておいたのだろうか。枕元に置いていた小さなベルベットの小箱を取り出した。

「今日君を呼んだのはこれを渡したかったんだ」

手渡された小箱を開いてみると、中にはダイヤモンドリングが収められていた。

素人目にもわかる質の良いダイヤモンドで、〇・五カラットはありそうだ。

「このダイヤモンドは明治時代に月乃屋の女将が結婚相手からもらったものだそうだ」

大月家で初めての婚約指輪なのだという。代々台座を替えて受け継がれてきたのだと。

「君から菖蒲に渡してくれないか」

耀一朗は小箱の蓋を閉じて「ありがとうございます」と頭を下げた。

ダイヤモンドに込められた幹比古の愛情と菖蒲の人生を託された気がした。

＊＊＊

クリスマスイブに東京でデートをしよう——そう耀一朗から誘われた時には「時間が取れるかわからないわ」と眉を顰めた。

相変わらず素直になり切れない上に可愛くない答えである。

しかし、実は何があろうとこの日だけは休みを確保すると決め、その決意の通りにもぎ取り、今日の十二月二十四日に至る。

菖蒲はヒールの靴音を響かせながら新幹線から降りた。

お洒落をして東京駅で待ち合わせをするなんて、本当に普通のカップルみたいだ。

もちろんメイクにも気合いを入れた。

西洋のイベントなので今日は洋装だ。膝丈の上品なクールピンクのワンピースにベージュのロングコートを羽織り、ビジューつきのパンプスを履いている。

髪は緩いハーフアップである。

これほど気合いを入れたのは耀一朗に会うからだけではない。

実は菖蒲はクリスマスイベントが初めてだったのだ。

この時期家業が忙しくなるのも理由の一つだが、大月家の方針で西洋の行事は祝わないことになっている。

それだけにクリスマスイブを子どものように楽しみにしていた。

弾む足取りで改札に向かう。

しかし、途中で立ち止まって腕時計に目を落とした。

まだ約束の時間まで十五分ある。先に着いて待っていたのかと思われるのは悔しい。

(どこかで時間を潰そうかしら)

幸い改札内にカフェがいくつもあった。

うち一つに決めそこに向かおうとした時、改札外で辺りを見回す長身痩軀の男が目に入った。

耀一朗だった。

ネイビーのテーラードジャケットに白いシャツ、ベージュのパンツ姿でモデルさながらの立ち姿にほうと見惚れる。

足が自然と耀一朗の元に向かう。気付いた時には改札を潜っていた。

「よっ」

菖蒲に気付いた耀一朗が手を上げる。

「ずっと待っていたの？」

「三十分前くらいから？　楽しみでさ」

耀一朗はあっけらかんと答えた。

(これじゃ私が馬鹿みたいじゃない)

我ながら呆れていると耀一朗は「今回は俺の勝ちだな」と笑った。

「一体なんの勝負？」

「俺の方が早く来ただろ。だから勝ち」

「……」

数秒呆気に取られてぷっと吹き出してしまう。

「……そうね。今回は私の負けだわ」

負けて嬉しいだなんて初めてだった。

菖蒲が笑ったのが嬉しいのだろうか。耀一朗も微笑んで右手を差し出した。

「ん？　何？」

「エスコート。今夜はクリスマスイブだろ」

もう見慣れたどころか夜を過ごした仲なのに心臓がドキリと鳴った。ぎこちなく見えませんようにと願いながらその手を取る。

腕を組んで何気なく辺りを見て気が付いた。同じようなカップルがたくさんいて皆笑みを浮かべている。

自分たちもその一組なのだと思うと胸の中に幸福の火がぽっと灯った。


行き先は皇居外苑を望むフレンチレストランの個室だった。

以前トラブルで潰れたデートのリベンジである。

窓の外の外苑は温かみのある光にライトアップされている。そこをビルが取り囲んでいて都心でしか味わえない現代的な風景を演出していた。

菖蒲は耀一朗とワインで乾杯すると、「東京でしか見られない景色ね」と笑った。

「だろう？　東京は東京でいいものだぞ。人が多い分面白いやつも多いからな」

それほど飲む方でもないのに、アルコールも料理も美味しく気分が弾む。

楽しすぎたからかあっという間に時間が過ぎ、気が付くともう最後のデザートを残すだけになっていた。

「ケーキ？　クッキー？　それともフルーツ？　洋菓子は久しぶりだから楽しみ」

「それの全部乗せだな」

「えっ、それってどういう……」

「失礼します」

挨拶とともにワゴンを押すギャルソンが現れる。

「デザートのケーキでございます」

真っ白な皿の上に同じく真っ白なクリームで彩られたケーキが鎮座している。そのケーキの上にはチョコレートクッキーとブルーベリー、ラズベリーが乗せられていた。飾りに色とりどりの生花もちりばめられている。

そして、皿の残りスペースにはチョコレートソースで何やら文字が書いてあった。

「ハッピー……ウェディング？」

菖蒲が呟くのと同時に耀一朗がベルベットの小箱を差し出した。ぱかりと開けて中を見せる。

「この指輪……」

以前菖蒲が雑誌で読んで「素敵だな」と褒めていたデザインだった。だが、気になったのはそこではない。

「もしかして……」

ダイヤモンドの輝きに見覚えがある。

亡き母が短いオフタイムに時折つけていた婚約指輪のダイヤモンドだ。綺麗で羨ましくてじっと見つめていると、『いつか菖蒲のものになるからね』と笑って頭を撫でてくれたものだった。

「親父さんからもらったんだ。菖蒲に渡してくれって」

「お父さんが……」

両親の思いを感じて胸の奥が熱くなる。

「それに、ちゃんとプロポーズしてなかっただろ？　だからここで」

耀一朗は指輪を手に取り「俺と結婚してくれ」と差し出した。

「返事は？」

「……もちろん。私のお婿さんになって」

耀一朗は微笑んで菖蒲の左手薬指に指輪を嵌めた。

「そろそろ結婚指輪も選んでおかないとな」

「うん……うん」

さすがにいつもの憎まれ口も出てこない。

こんなに幸せでいいのだろうか——不安になるほどの多幸感を覚えながら、菖蒲は指輪の嵌まった左手を右手でそっと包み込んだ。

菖蒲は東京でデートをするのも初めてなら、高層ビルのホテルに泊まるのも初めてだ。だから、窓より夜の街を見下ろし、熱海とはまた一味違う光の海に感嘆の声を上げた。

「もう十二時を越えているのに。本当に人が多いのね」

熱海市の人口は実は四万人もない。対する観光客は宿泊客で年間約二八三万人。まさに観光都市なのだ。

「東京は一四一七万人だったか」

「全員月乃屋に来てくれないかしら。最高のおもてなしをして見せるのに」

女将らしい一言に笑いながら、耀一朗は菖蒲をひょいと横抱きにした。

「きゃっ」

菖蒲は思わず耀一朗の首に手を回した。

横抱きなど初めてされたのでドキドキしてしまう。

(私、重くない？　そういえば一キロ増えたような……)

耀一朗は焦る菖蒲をゆっくりとベッドに横たえた。

「ね、ねえ、私重くなかった？」

「いや、全然」

「よ、よかった……。体重だけは負けたいわ」

「……」

耀一朗はぷっと噴き出すと菖蒲の左手を取り、そっとそのダイヤモンドのリングが光る薬指に、次に白い甲に、最後に滑らかな手の平に口付けた。

「甘いな。生クリームの味がする」

「さっき食べたケーキのせい？　ねえ耀一朗、私も」

菖蒲も耀一朗の手を包み込み、そっと長い指先を口に含んだ。

「ふふ。ブルーベリーの味がする」

「じゃあ、唇は何味だろうな」

菖蒲は耀一朗の頬にちゅっとキスをした。ライトブラウンの目が驚いて見開かれる。

「こっちはワインの味」

「……」

耀一朗は「ほんとはさ、もう全部すっ飛ばして早くお前を抱きたくて堪らないんだ」と打ち明けた。

「前にお前を抱いた時、『あ、これはハマった』って思ったんだよな……」

それもズブズブと沼に沈むように。そのままずっと浸かっていたいほどに、菖蒲の体内のぬかるみは心地よかったと。

「脳が溶けそうでヤバかった」

菖蒲も同感だった。

「……私もよ」

あの熱い肉のすりこぎで中をぐちゅぐちゅに掻き回され、身も心も熱い泥流と化して蕩けた快感は忘れられない。もう一度何も考えられなくなるほど翻弄してほしかった。

「早くあなたに抱かれたいって思っていた」

早く触れ合って、一つに繋がって、耀一朗と同じ熱さを感じたい——。

そう訴えると耀一朗は「ああ、畜生」と唸って菖蒲の鎖骨に噛み付くように口付けた。

「んあっ……」

ちゅっちゅと濡れた音とともに不意にピリリと軽い痛みが走る。強く吸われたのだと気付いた時にはもう肌に赤い跡がついていた。

「やっぱり雄って自分の女にはマーキングしたくなるみたいだ……」

菖蒲の腰に回された手の平がぐっと尻たぶを持ち上げて撫で上げる。

「あっ……」

菖蒲は思わず背を仰け反らせ、胸を突き出す体勢になってしまい、そこにすかさず耀一朗が伸し掛かった。ふるふる所在なげに揺れる乳房に顔を埋める。

前髪の毛先に刺されて軽い疼痛に似た感覚に肌がざわりと粟立った。

更に谷間を舌でなぞられ肩がびくりとする。

「ちょっ……よ……」

思わず耀一朗の髪を掴み、引き剝がそうとしたが、手が震えて力が入らない。それどころか、ぐっと左腕を持ち上げられ、無防備だった汗ばんだ脇を責められた。

「あっ……そんな……とこっ……」

こんなところまで感じるとは思わなかった。

ざらり、ぬるりとした舌の感触に背筋がゾクゾクする。「ひぃ」と声を上げそうになるのを辛うじて堪える。

一方、腹の奥は内部が溶けそうなほどの熱を持っていた。現にもう愛液の一部がマグマのように蜜口から流れ落ち、足の間がしっとりと濡れている。あの熱い肉のすりこぎがほしいと切望している。

「耀一朗っ……」

菖蒲は右足を上げて耀一朗の腰に絡めた。

「ねえ、早く、ここに触って……」

快感の涙に濡れて潤んだ目が耀一朗を見つめる。

「もう、私がしてほしいこと、わかっているんでしょう?」

確かめてと囁き手首を掴む。

耀一朗は誘われるままに弛緩した足の間に手を入れ、指先で蜜に濡れてぬらぬら光る花弁を掻き分けた。

「ひゃ……あっ」

不意に爪で軽く掻かれて菖蒲の視界に火花が散る。

更にぷっくり膨らんだ花心をくりくりと摘まんで嬲られると、快感で蜜が腹の奥から滾々と流れ落ちて耀一朗の手を濡らした。

「……すごいな。もうぐちゅぐちゅだ」

長い指が菖蒲の体内に滑り込む。

「あんっ」

鼻に掛かった喘ぎ声が寝室に響き渡る。

「よ、ういちろうっ……」

菖蒲は内壁を擦られる感覚に耐えながら耀一朗の二の腕を摑んだ。

「それじゃ、なくてっ……」

指は指でいいがそれだけでは足りない。もっと大きく熱いもので貫いてほしい——。

そう懇願すると耀一朗は「堪らないな……」と溜め息を吐いた。指を引き抜き蜜で濡れた爪をペロリと舐める。

「お前、どこまでエロいんだよ……」

ライトブラウンの瞳の奥に雄の欲望が炎となって燃え上がる。

耀一朗は目をギラつかせながら「じゃあ、遠慮しないぞ」と菖蒲の足を摑んで開いた。

愛液の膜で塞がっていた蜜口がぱっくり割れる。

「……あっ」

間髪を容れずに熱いものを押し当てられ、菖蒲は無茶苦茶にされる予感に背筋がゾクリとした。

「よ――」

耀一朗と名を呼び切る前にぐっと一気に半ばまで押し入られる。その際収まりきらずに漏れ出た愛液がシーツを濡らした。

「ひ……あっ」

みっしりとした肉塊が隘路を押し広げ、ぐいぐいと内臓を持ち上げる。

体内でドクドクと脈打っているものは耀一朗の逸物なのか、それとも自分の心臓なのか区別が付かない。

腰を摑まれ上下に揺さぶられると、繋がった箇所が粘着質な音を立てた。

「あっ……はっ……ひあっ」

不意に腹の上部をぐっと押し上げるように突かれて声を失う。

「ひ……いっ」

菖蒲の黒い目が大きく見開かれ、口を閉ざすことができずに涙と涎がシーツに散る。

「そこ……だ、めぇっ……」

耀一朗の薄い唇の端がわずかに上がった。

「それって……気持ちいいってことだろ？」

耀一朗は額に汗を流しながら、「じゃあ、もっと気持ちよくしてやるよ」と薄い笑みを浮かべた。ライトブラウンの瞳がまたギラリと光る。

耀一朗はだらんとなった菖蒲の両腕を掴むと、ぐっと抱き起こして胡座を掻いた自分にもたせかけた。

菖蒲はてっきりまた責められるのかと思っていたので、拍子抜けしてそっとその身を耀一朗に預ける。

ところが次の瞬間、今度はぐっと腰を掴まれ、体を真上に持ち上げられたのだ。

「ひあっ……」

肉棒が愛液の雫を散らしつつずるりと中から抜け出す感覚に肌が粟立つ。

更に続いて手を離された時には何が起こったのかしばし理解できなかった。

パンと音を立てて肉と肉がぶつかり合う。

「あ……あっ」

菖蒲は思わず背を仰け反らせた。

真下から最奥まで深々と貫かれ、串刺しにされたような感覚を覚える。

「こ……んなのっ……」

菖蒲は涙目で耀一朗を見る。

「感じる……だろ?」

耀一朗は熱っぽい目で菖蒲を見つめながら、噛み付くようなキスをした。

「ん……んっ」

乳房が耀一朗の胸板に密着して押し潰される。互いの心臓の鼓動を感じ一層熱が高まっていく。

「菖蒲」

耀一朗は吐息とともにそう囁くと、腰を再びぐっと掴んで激しく上に、下にと揺すぶった。

「あっ……ひっ……あっ……んぁっ」

動きに合わせてほんのり上気した乳房がふるふると揺れる。黒曜石にも似た瞳からは絶えず涙が溢れ、胸の谷間に流れ落ちて汗と入り交じった。

「よ、ういちろっ……」

菖蒲は繋がった箇所から脳髄まで雷にも似た何かが駆け抜けていくのを感じた。

「ああっ……」

同時に耀一朗が菖蒲のしなやかな背に手を伸ばし、骨が折れんばかりに抱き締める。

「くっ……」

耀一朗の体がビクビクと大きく震える。

「あ、あ、あ……」

菖蒲は岸に打ち上げられた魚さながらに口をパクパクさせた。

それでも強烈な快感の衝撃を逃せない。ろくにものも考えられない。脳髄が溶けるどころか焼け焦げてしまったのではないか。

だが、不思議とこの一言だけは自然と口から零れ落ちた。

「耀一朗、好き……」

耀一朗が菖蒲の肩に顎を乗せて答える。

「俺も……」

＊＊＊

今年は菖蒲とともに年末は東京で、年始は熱海で過ごした。

熱海を守る神への結婚の報告も兼ねて、來宮《きのみや》神社の樹齢二千百年の大楠の前で柏手を打った時には感無量の心境になったものだ。

そして現在、東京で大量の仕事に追われている真っ最中である。

今年六月、菖蒲の誕生日には婚姻届を提出し、十月に挙式と披露宴を執り行うことになっている。その後は熱海が生活拠点になるので、それまでに公私ともに必要な手続きを取っておかねばならなかった。

キーボードを高速で叩き書類を処理していく。

しかし、社長室のドアがコンコンとノックされ、瀬木が現れて「印鑑が必要な書類です」と新たな書類を手渡してきた。

「そろそろ電子署名にしてくれないものか」

「ここは昔気質の会社ですから仕方ありませんね」

瀬木は「それから」とメモを差し出した。

「先ほど社長が昼休憩の際女性のお客様がいらっしゃいまして」

「女性？」

「はい。非常に可愛らしい方でもしや社長の……」

「おい、俺は浮気はしないぞ」

せっかく菖蒲と結婚できるのに今更台無しにする真似など絶対にしない。

瀬木はしばらく黙り込み、やがてコホンと咳払いをした。

「妹さんかと思っておりましたらその通りでした」

「……紛らわしい言い方をするな」

「申し訳ございません。性分でして」

耀一朗はメモを受け取り目を通した。

『お兄ちゃんへ。今夜会いたいです。近くのカフェカノンで待っています。日和』

妹の日和は二歳年下で現在女将候補として日高旅館で頑張っている。

こんなメモを寄越すなどどうしたのか。電話でもメールでもSNSでももっと手っ取り早い連絡方法があっただろうに。

こうなれば一刻も早く仕事を終わらせるしかない。

耀一朗は瀬木が出て行くのを見送り、再びパソコンの画面に向かった。


日和は一人っ子であれば次期女将になっていただろう。

ところが先に耀一朗が誕生したのが不幸だった。

耀一朗は千晴に期待をかけられるたび、お前が後継者だと押し付けられるたびに、もっと日和を構ってやれよと腹立たしく思ったものだ。

それほど千晴の態度はあからさまで、日和はいないもののように扱われていた。ずっと女将になりたがっていたのに。

「日和」

窓際の席に腰かけていた日和が顔を上げる。

「お兄ちゃん……」

その辺の服を引っかけてきたような格好だった。将来の女将として恥ずかしくないようにと、常にきちんとした服装を心がけている日和らしくない。

「何があった?」

向かいに座って尋ねる。

「相談してみろ」

「……」

よく見ると目が赤い。泣いていたのだろう。

日和は穏やかで大人しめの性格だが、我慢強く滅多に涙を流さない。

そんな妹に一体何があったのだろうか。

「私、もう駄目かもしれない」

日和の前に置かれたコーヒーは冷め切り、混ざりきっていないクリームが浮いていた。

現在日和は女将候補として仲居頭を務めている。名目上の女将である母千晴は出勤していないので、実質日和が女将のようなものだ。

だが、近頃仕事がうまくいかないのだという。

「仲居頭になっても皆私の言うことなんて聞かなくて……」

現在、日高旅館の従業員には派閥が二つあるのだとか。千晴の時代から勤めていたベテランと、改革以降新たに入ってきた従業員と。

そして、後者がどんどん辞めていってしまい現在人手不足なのだという。

「なるほどな……」

経営再建後のこうした事態は珍しくなく旅館に限った話ではない。

古株が自分の地位や立場を維持しようとして、新参者を見下し、ニセ情報を吹き込み、人間関係を悪化させて新たな従業員が居着かなくなる。

悪いことに若ければ若いほど、社歴が短ければ短いほど、有能であればあるほど見切りが早い。

結果そこにしか居場所のない旧態依然とした古株だけが残され経営陣の足を引っ張ることになる。

そんな中で日和は難しい立ち位置にある。

何せ女将の娘であり次期女将候補。古株からすれば自分たちの陣営にいて当然という意識があるはずだ。若いので操りやすそうだという狡猾な目算もあるのだろう。

しかし、新人の従業員たちからすれば若い日和は自分たちの仲間。新たな風を吹き込むと期待しているのではないか。

「私、どちらの側にもつけなくて……なんとかまとめようとしたんだけど」

恐らくどっちつかずのコウモリだと捉えられたのだろう。古株たちは日和を舐めて言うことを聞かなくなり、新人たちは失望して辞めていき——。

「おまけに大変なことが起こっちゃって……」

従業員がバラバラになったことよりも、むしろそちらの話の方が問題だった。

「前、大麻所持で芸能人が逮捕された事件があったでしょう」

「ちらっとニュースで言っていたな」

「……あの人、日高旅館に泊まったことがあったの」

「なんだと⁉」

しかも、客室で大麻を吸引していたのだとか。

「それで警察と警察犬が来て……」

畳の隙間から乾燥大麻の欠片が発見され大騒ぎになったのだという。

「私と担当の仲居も取り調べをされて……、ニュースでは日高旅館の名前は出てこなかったんだけど、それでも口コミで噂が一気に広まってしまったみたいで……」

「日高旅館も反社と付き合いがあったのではないか」、「そうした犯罪者が出入りしていたのではないか」、「乾燥大麻の欠片は本当にその芸能人が残したものなのか」等々。

「キャンセルが何件もあって……」

「なぜすぐに俺に連絡しなかった」

そんな大きな事件があったのになぜ──。

「私、一人でなんとかしたかったの」

日和はぽつりと呟いた。

「皆に……お母さんに認められて女将になりたかったの。だから、お兄ちゃんに頼っちゃいけないと思って……」

日和の気持ちは痛いほど理解できた。叱ることなどできるはずもない。

「ねえ、お兄ちゃん」

日和は目を擦りながら顔を上げた。

「日高旅館に……戻ってこられない？　お母さんすっかり弱っちゃって、ずっとお兄ちゃんがいればって言っていて……」

さすがの耀一朗も海陽館ホールディングスと月乃屋の立て直しに加え、日高旅館に救いの手を差し伸べることは分身でもできない限り難しかった。

「俺自身が戻るのは無理だ。代わりにいいコンサルタントを紹介する」

「それじゃ駄目なの」

日和は唇を噛み締めた。

「お母さんはお兄ちゃんじゃないと駄目だって……。外から来る人がもう信用できないんだと思う」

千晴はバリバリの現役女将だった頃、個人的にも長年の付き合いがあり、信頼していた経理と料理長に裏切られている。その心の傷がまだ癒えないのだろう。

「立て直し前からいる人たちもお兄ちゃんの言うことならきっと聞いてくれる。だから……」

日和の哀願に頷くことも首を横に振ることもできなかった。

＊＊＊

最近楽しみが一つ増えた。

菖蒲は事務所で賄い飯を食べながら、左手薬指のダイヤモンドリングを眺めた。

こうして休憩中に耀一朗にもらった婚約指輪を嵌めることだ。

刺身の切れ端を掻き集めた海鮮丼と魚のあら汁が一層美味しくなる。

(このダイヤモンド、ずっと憧れていたんだよね)

まさか耀一朗から贈られることになるとは。

飽きもせずにニヤニヤしつつ見つめていると、「女将さーん」と奥の席の経理から声をかけられた。

「電話です」

「どちら様からですか？」

「日和様という方です」

「ヒヨリ？」

はて、そんな名前の顧客はいただろうかと首を傾げる。いずれにせよお待たせしては悪いと、水でご飯を喉に流し込んで電話を取った。

「お電話代わりました。月乃屋代表の大月と申します」

『……先輩？』

聞き覚えのある若い女性の声に首を傾げ、眉間に指を当てる。

（この声って確か……）

『日高日和です。日高耀一朗の妹の……』

「弓道部の後輩だった日和ちゃんね？」

電話の向こうで日和が息を呑む気配がした。

同じ日高旅館の子なのに当時何かと気に食わなかった耀一朗に比べ、日和はおっとりした雰囲気だったからか、むしろ後輩として可愛がっていた。

『覚えて……くれていたんですか？』

「もちろん。元気だった？」

『……』

日和は一瞬黙り込み『先輩……』と思い詰めた声で菖蒲に頼んだ。

『時間取ってもらうことってできますか。相談したいことがあるんです』

日和と顔を合わせるのはまさに十年ぶりだ。

ずっと熱海に住み続けていたのに、顔を合わせる機会がなかったのが不思議だった。耀一朗には東京在住だったのにもかかわらずよく出くわしていたのに。

「先輩」

熱海駅前で声をかけられ振り返ると、大人になった日和が手を振っていた。

菖蒲は耀一朗にどことなく似ているその顔を見て、気付かれないよう眉を顰めた。

顔色が悪いだけではなく隈が浮かんでいる。濃さからして寝不足どころではなく不眠症になっているのではないか。

耀一朗と婚約する前の自分を見ているようだった。存在感すらもどこか儚い。

こんな状態の日和を二月の寒風吹き荒ぶ外に置いておけない。

菖蒲は「日和ちゃん、中で話そうね」と平和通り近くにある昭和レトロの純喫茶店に誘った。

温かいコーヒーを注文し「どうしたの？」と尋ねる。

十年ぶりに連絡を取ってまで相談したいこととはなんだろう。

「こんなこと……打ち明けるのは恥ずかしいんですけど、うちって……日高旅館って今苦しくて……」

初耳だった。

「耀一朗が立て直したんじゃなかったの？」

日和は顔を伏せて「私が至らなくて」と零した。

「やっぱり私じゃ駄目なんです。お母さんが言った通り女将に向いていない……」

そして、やはり耀一朗を跡取りにすべきだったのだと呟いた。

「先輩、お兄ちゃんを返してくれませんか」

この頼みには目を見開いた。

「私だけじゃもう対処できなくて」

公にしたくはないことがあるのだろう。日和は多くを語ろうとしなかったが、追い詰められていることはよくわかった。

「ごめんね、日和ちゃん。それは私だけじゃ決められない……」

優先されるべきは耀一朗の意思だ。

恐らく耀一朗は日和にもう相談されているはず。それでも耀一朗が動こうとしなかったので、婚約者に訴えてきたのだろう。

菖蒲は項垂れる日和を前に膝の上の拳を握り締めた。

（どうして私に何も言ってくれなかったの？）

耀一朗は相変わらず東京熱海間を往復し、月乃屋の立て直しに協力してくれている。

菖蒲は耀一朗が東京にいる間に日高旅館の現状について調査し絶句した。

日高旅館は八年前耀一朗の天才的な手腕で復活している。しかし、以降積み重ねてきた信頼と実績がこうも儚く散ってしまうとは。

老舗の日高旅館でさえこうなのだ。経営の難しさを思い知らされる。

「女将ー、本日より二泊部屋食希望の後藤《ごとう》様ご夫妻がいらっしゃいました」

「はぁい、今行きます！」

菖蒲は調査報告書の画面を閉じ、スマホを仕舞うとロビーに出た。

「いらっしゃいませ。お部屋のご案内までにお飲み物をご用意できますが、何になさいますか？」

愛想良く老夫婦を接客しながら心の中で思う。

（月乃屋はもう大丈夫）

耀一朗の事業計画がしっかりしていたので、従業員たちと協力してやっていける目途が立っている。

（耀一朗は……本当は日高旅館に戻りたいんじゃないの？）

そんなことを考えつつ老夫婦の注文を聞き、作らせた緑茶を運んでいく。

二人が飲み終え、ソファから立ち上がったところで客室に案内し、最後に丁寧に一礼して事務所に戻った。

休憩に入ったのか事務所には誰もいない。

一人デスク席でお茶を飲み、半分になったところで水面に目を落とした。

母の千晴とはもともと折り合いが悪く、更に強引に改革を実行したことで関係が壊れ、後悔していると言っていた。

なのに、日和の頼みを聞かない理由はなんだろう。

(……もしかして、私?)

耀一朗は責任感が強い男だ。何せ婚約までしてしまっているのだから、こちらを見捨てられずにいるのではないかと。

(……耀一朗の馬鹿)

そんな風に気を遣われてもまったく嬉しくないのに。

再び冷めた湯飲みを手にする。同時に、デスクに置いていたスマホが小刻みに震え始めた。

耀一朗からの着信だった。

「はい、もしもし」

『菖蒲か?　時間ができて熱海に戻ったんだ。今日早番だろ。どこかで夕飯食わないか』

「……」

菖蒲はしばし悩んだものの「そうね」と頷いた。

「私、ピザが食べたいな。耀一朗の知っている店に連れて行ってくれない?」

恋の影響力は恐ろしいものだ。

菖蒲は耀一朗と付き合い始めてから、遠ざけてきたファストフードを食べられるようになっていた。

「あんなに脂っこいものが嫌いだったのに」

愚痴りながらマルゲリータを一切れ摘まむ。

「美味しいって思うようになっちゃったわ」

最近少々太ったのは耀一朗のせいだと頬を膨らませると、耀一朗は「俺のせいにするなよ」と笑ってピザを摘まんだ。

「それにここのピザはイタリア人が作っている本場の味なんだから」

「ねえ、耀一朗」

菖蒲は向かい席の耀一朗の名を呼んだ。

「なんだ?」

しかし、どうにも話を切り出しにくい。

沈黙を陽気なイタリア民謡のBGMと若い客のけたたましい笑い声が埋める。

「結婚式のことだけど……千晴さんには招待状は出さないの？　ほら、いくらライバルの家同士の結婚って言っても、やっぱり親は出席した方がいい気がして」

千晴の名を出されライトブラウンの瞳に影が落ちた。

「一応連絡はしてみたけど、〝認めません〟で一刀両断されたからな。まあ、親父さんも初めは似たようなものだったけど、うちのおふくろが承知するとは思えない」

なお、幹比古はもちろん出席すると言っている。

「おふくろは裏切り者の俺の顔なんて見たくないだろうさ」

「ねえ、耀一朗……」

耀一朗はそれでいいの？

この一言がどうしても口にできなかった。


三月に入ると熱海も春めいてきて、コートも薄手で十分なほど暖かくなっている。

菖蒲は事務所の卓上カレンダーを捲り、「……あと三ヶ月」と呟いた。

あと三ヶ月で菖蒲の誕生日。耀一朗とこの日に籍を入れようと約束している。

グズグズしていてはあっという間に六月になってしまう。

手遅れになる前に動かなければと思うのだが、耀一朗と過ごす一時はあまりに幸福で、それを失うことが怖くてなかなかできない。

あれ以降日和から何度も連絡があった。日高旅館の窮状を訴え、耀一朗に帰って来るよう説得してほしいと。

もう菖蒲に縋るしか方法がないのだろう。

耀一朗と似た顔で頼まれると菖蒲も心苦しい。

デスクの上に置いていたスマホを開き、ＳＮＳを起動する。そして、「今度、耀一朗の家に行っていい？」とメッセージを入れた。

するとすぐに既読がついただけではない。「もちろん！」と返事がきたので苦笑する。

（今度は返信のスピードで勝ったとか言いそう）

近頃耀一朗には負けてばかりだ。

だが、負けるのも悪くはないかとようやく思えるようになってきたのに――。


耀一朗は海陽館ホールディングス本社ビル近くのマンションに部屋を持っている。

人気の高層階に住んでいるのかと思いきや、二階だと聞いた時には意外だと思った。下界を見下ろせる高いところが好きな気がしていたからだ。

耀一朗にそう告げると『確かに俺は高いところが好きだけどな』と腕を組んで理由を教えてくれたものだ。

『高層階ってエレベーターで五分かかるんだよ。時間の無駄だ。俺は一分でも長く寝ていたいんだ』

だから、エレベーターが混み合って使えない時でも階段が一階分しかない二階にしたのだとか。

合理的なところはとことん合理的なのも耀一朗の一面だった。

二〇一のプレートのかかったドアをノックする。

耀一朗はすぐに鍵を開けてくれた。

「うちの料亭のお弁当持ってきたの。ステーキ懐石弁当」

「おっ、月乃屋の弁当って美味いんだよなあ。入れ、入れ」

帰って風呂に入って寝るだけの部屋だと豪語していただけあって、せっかくのアイランドキッチンはピカピカであまり使われた痕跡がない。

「もったいないなあ……。あっ、そうだ。お味噌や鰹節はある？」

「どうだったかな」

「ちょっと冷蔵庫開けるわね」

最新式の冷蔵庫には牛乳と卵とカット野菜の残り、チルドに硬くなった味噌と賞味期限ギリギリの鰹節があった。

「使ってもいい？」

「いいけど何もなかっただろ」

「これだけあれば十分よ」

鰹節でさっと出汁を取り玉じゃくしに乗せた味噌を溶いていく。最後にカット野菜を投入して沸騰しない程度の温度で温めた。

「よし、できあがり」

春キャベツと玉ネギの味噌汁の香りがキッチンに広がる。

「お弁当と合わせて食べると美味しいわよ」

「手際いいな」

「死んだ母さんに仕込まれたの」

ダイニングテーブルの席に向かい合わせに腰を下ろす。

耀一朗は味噌汁を一口飲み「うん、美味い」と目を細めた。

「出汁が利いている。プロポーズの言葉、〝俺に味噌汁を作ってくれ〟でもよかったな」

「もう、何よそれ」

耀一朗との食事はいつも楽しい。何かと菖蒲を笑わせようとするからだろうか。

だが、今夜はこのまま終わらせるわけには行かなかった。

「今夜泊まっていくだろ?」

「う……ん。そうしたいんだけど」

菖蒲は食べ終えた弁当箱の上に割り箸を置いた。

「耀一朗、籍を入れる件なんだけど……ちょっと延期してくれない？」

ライトブラウンの目がわずかに見開かれる。

「……どうして？」

「う、ん。マリッジブルーなのかな。ちょっと迷っていて、だから」

日和に兄を返してくれと頼まれたからとは言えない。

耀一朗は千晴とは不仲だが、日和とはそれなりに仲がいいと聞いている。これ以上耀一朗とその家族の間に溝を作りたくなかった。

「何を迷っているんだ」

耀一朗は立て続けに尋ねた。

「不安なことがあるなら言ってみろ」

月乃屋の女将として働いている時には、どんなに不快でも愛想笑いでサービスを提供できた。

なのに、耀一朗の前ではうまくいかない。

どうにかなけなしの演技力を振り絞る。

「やっぱり両家の親が出席できない結婚式ってどうかなって思って。月乃屋まで縁起が悪いって思われたら困っちゃう」

我ながら酷いセリフに胸がズキズキ痛む。

「耀一朗は千晴さんと仲直りしたいって思わないの?」

「……もうそういう時期は過ぎているからな」

耀一朗には珍しい、寂しそうで諦めたような声だった。

「お前は俺とおふくろの関係が引っかかっているのか」

「う……ん。話を聞いていると難しそうね」

耀一朗は腕を組んで菖蒲を見据えた。

「……わかった」

「耀一朗、ごめ——」

「——最低条件としておふくろが結婚式に出席してくれればいいんだな?」

「ええっ」

まさかそう来るとは思わなかったのでぎょっとした。耀一朗にとっては家族の問題は弁慶の泣き所で、そこを押さえていれば破談に持っていけると踏んでいたのに。

「で、でも無理でしょう? だから、とにかく考え直したいの」

耀一朗のライトブラウンの目がギラリと光る。

「俺を信じてはくれないのか?」

「それは……」

菖蒲はその場にいることがいたたまれなくなり席を立った。

「……とにかく延期して。また連絡するから」

「おい、菖蒲」

「ごめんね」

扉を開けて外に出ると、耀一朗が追ってくる前にと、素早くエレベーターに乗り込む。

大きく息を吐いて壁に背をつけた。

「これで……よかったのかな……」

最善策だったのかどうかはわからない。

ただ、胸の奥が切り裂かれるように痛かった。

第五章「やっぱり結婚するかもしれない件」

菖蒲が去ってどれだけの時が過ぎたのだろうか。

「……冗談じゃないぞ」

耀一朗は拳を握り締めると、ダイニングテーブルの席から立ち上がった。勢いで椅子がガタンと背後に倒れる。

「——ここまで来てはいそうですかと引き下がれるか！」

あれこれ手を回しようやく婚約にまでこぎ着けたのだ。

この機会を逃すわけにはいかなかった。

「一体なぜあんなことを言った？」

思えば菖蒲はここしばらく様子がおかしかった。デートを早く終わらせようとしたり、先ほどのように家族との関係を問い質してきたり。

——家族。

耀一朗にとっての家族とは少々厄介な存在だった。そう簡単に情を断ち切れないだけに根が深い。断ち切ったつもりでいても、これから熱海で暮らすとなれば、まったく関わらないわけにもいかないだろう。

菖蒲もそれを感じ取ったのだろうか。

いずれにせよ、もう少し話を聞かなければならない。菖蒲が何を望んでいるのかわからないし、どう対策を取ればいいのか判断もできない。

そして、自分も家族との関係を改めて考え直す必要があった。

テーブルの上に置いていたスマホで菖蒲に電話をかける。

しかし、出てくれない。

ならSNSでとアプリを立ち上げ、妹の日和からメッセージが届いているのに気付いた。

『お兄ちゃん、大変です。お母さんが倒れました』

自宅マンションでなんの前触れもなく倒れ、救急車で運ばれたのだという。

『お願い。病院に来て』

さすがにこの状況で菖蒲を追いかけるのは難しかった。

母の千晴が運び込まれた病院はなんの因果か小田熱海病院だった。つまり幹比古が入院している病院である。

耀一朗が駆け付けた時にはすでに処置は終わっており、個室に運び込まれたところだった。

医師の説明によると低血圧貧血で命に別状はない。ただ、何点か気になるところがあったため、念のために検査入院してもらうことになるのだとか。

「今のところおふくろに持病はなかったはずなんですが……」

「でしたらストレスでしょうか。元旅館の女将さんだそうですね。接客も経営もこなさなければならないから大変だったんでしょう」

「ストレス……」

耀一朗は力なく横たわる千晴を見つめた。

「お兄ちゃん」

日和に呼ばれ振り返る。

「入院の手続きしてくれたんだってな。悪い」

「ううん。私もこれくらいは役に立たないと」

日和は溜め息を吐いてベッドの柵に手を掛けた。

「……ねえ、お兄ちゃん。お母さんが倒れても戻ってきてくれないの？」

今度はきっぱりと「ああ、戻らない」と答える。

「代わりに信頼できるコンサルタントを派遣するって言っただろう」

「でも、お母さんがよその人なんて信じられないって」

「――日和」

耀一朗は日和を真っ直ぐに見下ろした。

「お前は今、女将代理だぞ。いつまでもお母さん、お母さんと言っていてどうする」

本当は病院でこんな不謹慎な話をするわけにはいかないが、日和のためにも言い聞かせなければならなかった。

「俺とおふくろが明日いきなり死んだら、お前自身の力でやっていかなければならないんだぞ」

「そんなこと、起きるはずが」

「だけどおふくろは倒れたぞ」

「……」

日和は蚊の鳴くような声で呟いた。

「でも、私じゃどうしようもなくて……」

相当悩んだのだろう。困り果てたその表情に婚約前の菖蒲が重なる。

菖蒲と違うところは根性――というよりはあの負けず嫌い精神だろうか。

菖蒲はライバルにだけではない。自分自身に負けることも嫌うのだ。

だからあれほど努力ができるのだろう。

「日和、俺は日高旅館を一度捨てた男だ。しかも、月乃屋に婿入りしようとしているんだぞ。そんな男に従業員がついてくると思うか?」

「で、でも……お母さんもお兄ちゃんならって……」

「俺だったらそんな裏切り者はごめんだな」

日和に説明しながら耀一朗は自身も納得していた。

なるほど、菖蒲が結婚を考え直したいと言っていたのはこのせいかと。

正式に大月家に婿入りしてしまえば日高家に戻れなくなり、立て直しにも関われなくなるのではと案じたのだろう。

まったく余計な気遣いだった。

日和が呻くように訴える。

「お兄ちゃんはなんでもできるじゃない……だったら……」

「そうかもしれないけど俺はお前に敵わない」

「どうして……」

「お前は俺よりずっと日高旅館が好きだからだ」

日和がはっと息を呑む。

「日高旅館を人生をかけて守りたいと思っているからだ。……残念だけど俺にはその情熱がなかった。いつもとっとと逃げ出したいって思っていたからな。だけど」

再びすっかり痩せて小さくなった千晴を見下ろす。

「菖蒲と付き合うようになって考え方が変わったんだ」

歴史と伝統の維持の意味、それらを未来に繋ぐ大切さを。

「……昔日高旅館を立て直せたのは逆に俺が日高旅館を好きじゃなかったからさ」

だからこそ客観的に長所短所を分析して大胆な改革に繋げられた。

「今はもうそんなことはできない。月乃屋を再建してみて、菖蒲を通しておふくろや日和がどれだけ日高旅館を大切にしているか思い知ったからな。……だから赤の他人のコンサルタントの方がいいんだ」

日和は言葉をなくしてその場に立ち尽くした。

耀一朗は構わずに言葉を続けた。

「それに、俺はもう菖蒲のいない未来が考えられないんだ」

月乃屋のためにひた走り、時折悔し涙を流す姿を見ていると、支えてやりたくて堪らなくなるのだと。

「だから戻れない。……ごめんな」

千晴にも自分の生き方を認めてもらわなければと決意を新たにする。

日和の足下にぽたぽたと何かが落ちる。

涙だった。

「お兄ちゃん、ごめんなさい。私……」

「おい、ちょっと待て」

さすがに泣いているところを見られたくないだろうと廊下に連れ出す。

「どうしたんだ」

「私、菖蒲さんに大変なこと言っちゃった」

兄を返してくれと何度も迫ったと聞いて苦笑する。

「まったく、菖蒲らしいな」

日高旅館の長男の自分への気遣いだけではなく、日和の苦労が理解できるので身を引こうとしたのだろう。

もう少しこちらの気持ちも考えてほしかった。

「いいよ。気にするな」

「で、でも……」

「俺たちそんなことで別れないから。まあ、菖蒲が嫌だって言っても押し掛け旦那になるけどな」

その前に千晴を結婚式に出席してくれるよう説得しなければならない。難しいだろうとは思ったが不思議と気分は明るく、耀一朗はニッと笑って白い歯を見せた。

「俺に不可能なことなんてないし、なんとかなるだろ」

「……」

日和はようやく目だけで笑った。

「……お兄ちゃんなら本当にできちゃいそう」

耀一朗も日和も気付いていなかった。すでに千晴が目覚めており、二人が出て行ったドアを見つめていたことを――。


今日も月乃屋は満室だった。

しかもイレギュラーなオーダーの客が多かったので、早番で午後六時に上がるはずが二時間ずれてしまった。

菖蒲は先日納車されたばかりの新車で家路を急いだ。

アクセルを踏みながら考える。

(今日入ったオーダーはいくつか選択肢から外さないと。仲居さんたちの負担が大きくなってしまうわ)

以前はお客様に最高のおもてなしをと無理をしていたが、耀一朗のアドバイスもあって、より手がかからない、それでいて満足度の高いサービスを目指すようになっている。

すると残業が減って経費節減になるし、仲居たちの体力を削がなくて済む。結果、離職率が下がるのだ。

山を下り下道を走って自宅の駐車場に到着する。リモコンで車庫のシャッターを開け駐車してようやく一息吐いたところで、いきなり背後から「ジャジャーン」と声をかけられたのでぎょっとした。

「よ、耀一朗⁉」

「車買ったのか」

「え、ええ。あなたがペーパードライバーじゃ勿体ないって言っていたから……。運転できるようになればお客様の送迎も可能だもの」

「いい心がけだ。この車、俺も国産車で買っている車種なんだよな。色もいい」

「あ、ありがとう……って、どうしてこんなところにいるの」

「さあ、どうしてかな」

「……」

別れ話をしたつもりだったのに何を考えているのか。

「――菖蒲」

耀一朗は菖蒲の顎を摑んで目を覗き込んだ。

「俺はお前の言葉を鵜呑みにするほど素直でも性格がいいわけでもないんだ」

いつになく鋭い眼光に菖蒲の心臓がドキリと鳴る。

「第一、婚約破棄するならするで色々手続きがいるだろ」

言われてみれば確かにそうだ。

こちらから破談を申し込んだのだ。慰謝料を支払う必要があるかもしれない。

「わかったわ……」

菖蒲は溜め息を吐いて耀一朗を自宅に入れた。

「散らかっているけど、気にしないでね」

応接間に案内する。

「へえ、応接間も和風なのか」

「家族の寝室は洋室なんだけど、応接間だけはずっとこのままなの。お茶を淹れてくるから待っていて」

十分後に茶を載せた盆を手に戻ると、耀一朗は「綺麗じゃないか」と中を見回していた。床の間にかけられている古い掛け軸に目を向ける。

「あの掛け軸、表装は新しいけど本紙部分はかなり古いな」

「江戸時代のものだそうよ」

着物姿の若い男女が仲睦まじく寄り添う肉筆画で、大月家に代々受け継がれてきた家宝なのだとか。男性の丁髷と女性の結い上げた髪がいかにもその時代らしい。

「有名な絵師が描いたってわけでもないみたいなんだけど……」

「男女のモチーフって珍しいな」

掛け軸になるような日本画、特に人物画は二人以上が描かれる場合には同性での集団が多い。西洋画とは異なり男女のカップルはあまり描かれないのだ。

「由来は伝わっていないのか?」

「それが全然。でも、いい雰囲気の絵でしょう?」

雨が降る中和傘で相合い傘をしており、愛おしげな眼差しで互いを見つめ合っている。

「確かにいい雰囲気だな」

耀一朗は座卓に置かれた茶を一口飲んだ。それを合図に本題を切り出す。

「日和に話を聞いた」

「……っ」

菖蒲は思わず視線を落として膝の上の拳を握り締めた。向かいに腰かけた耀一朗の視線が突き刺さる錯覚がした。

「悪かったな。あいつも必死だったんだ」

「……それで耀一朗は」

菖蒲はやっとの思いで声を絞り出した。

「やっぱり日高旅館に帰るんでしょう?」

「帰らない」

間髪を容れずに答えられて思わず顔を上げる。

「どうして……」

「理由はいくつもあるけど、やっぱり日高旅館は日和が取り仕切るべきだと思う」

従業員やコンサルタントを推薦するなどの手助けはするが、それ以上手を出す気はないと言い切った。

「でも、千晴さんや日和さんが心配なんじゃ……」

「心配だけど、俺がいないと何もできない——そんな旅館になってほしくない。……そんなことのために立て直したんじゃない」

そう言い切られてしまうと菖蒲も何も言い返せなかった。

「まあ、俺に惚れられたのが運が悪かったと思って諦めてくれ」

「よ、耀一朗……」

「押し掛け旦那になられたくないだろ?」

菖蒲は泣き笑いで溜め息を吐くしかなかった。

「もう押し掛けてきているじゃない……」

耀一朗は座卓越しに菖蒲の手を取り包み込んだ。

「お前がいつか言っていた夢はもう俺の夢でもあるんだ。そばにいて支えさせてくれよ」

磨き抜かれた座卓の上に透明な雫が一滴落ちる。

「ごめんね。一人で突っ走って」

「お前はそういう女ってもうわかっているから問題ない」

「……」

あんまりな人物評だったがもう笑うしかなかった。

だが、涙で上手く笑えない。

「あはっ、ご、ごめんなさい。ちょっと涙が――」

不意に視界が暗くなったので驚く。

耀一朗が座卓を回り込んで隣に座り、指先で涙を拭ってくれたのだ。

「和室で見るお前って、やっぱり色っぽいな」

睫毛が触れ合いそうな距離に自分だけを見つめるライトブラウンの瞳があった。

心臓がたちまち早鐘を打ち始める。そこに先ほどから降り始めた雨の音が重なった。

どちらからともなく唇を重ねる。

「……ん」

早く耀一朗に触れたかった。

雨の降る春の夜は肌寒いが、今夜は暖房は必要ない。

互いの熱だけで十分だった。

髪留めと解かれた帯、着物が畳の上に散乱している。

菖蒲は肌襦袢だけを身に纏って耀一朗に抱かれていた。

耀一朗は肌襦袢をずり上げ、菖蒲の白い右足を片腕でぐっと抱え上げた。

すらりとした足が反射的にざわりと粟立つ。

両足の間の奥はぱっくりと割れて熟れた柘榴を思わせる鮮やかさだ。時折ヒクヒク蠢くので別の生き物にも見える。いずれにせよ、触れずにはいられない淫靡さがあった。

長い指が割れ目に差し込まれる。

「ひゃっ……」

菖蒲は隘路に異物感を覚えてびくりと身を捩らせた。

「う、うん……」

まだ前戯なのにもう期待で子宮が滾々と蜜を分泌している。

防御反応から反射的に足を閉じようとしたが、耀一朗に「駄目、見たい」と言われたので、息を吐いて瞼を閉じて快感に耐えるしかなかった。

耀一朗の指が菖蒲の体内を探ろうとしてあちらこちらに触れる。

菖蒲は時折狙ったように弱い箇所を掻かれ、そのたびに「あんっ」とあられもない声を上げてしまった。

更に隘路をぐちゅぐちゅと掻き回され、その音を耳だけではなく体の中でも感じて、羞恥心で体がまた熱を持つ。

なのに、耀一朗相手だと拒むどころか、もっとしてほしいと望んでしまう。

「あっ……そ……こっ……あっ……！」

嬌声を掻き消すかのように雨が一層強くなる。

菖蒲は絶えず乱れた息を吐き出し続けた。吸おうとしても快感を覚えるたびに体が跳ね、意識が散ってうまくいかない。

このままでは呼吸困難に陥る。

「あっ……やっ……んっ……ふあっ」

耀一朗が指を動かしながら頼む。

「菖蒲、声を聞かせてくれ。名前を呼んでくれないか」

「……っ」

この状況でどう呼べばいいというのか。

「む、りぃ……」

菖蒲の途切れ途切れの訴えが届いたのだろうか。耀一朗は指を隘路から引き抜いた。

「あんっ」

じゅぽっと濡れた音にまた頬を染める間に耀一朗に伸し掛かられる。

気付いた時にはすぐそばに恋情と劣情の炎が燃え上がるライトブラウンの瞳があった。

「よ」

そのまま唇を奪われ深く口付けられる。

「ん……ふ……」

熱い吐息で喉が焼け焦げそうだ。

「ん……」

耀一朗は唇を離すと菖蒲の頬をそっと撫でた。

「会えなかった間中、菖蒲のことばっかり考えていたよ。お前は？」

菖蒲が私もと答える前にまた深く口付ける。

これでは何も言えない。いや、言わせないつもりなのか。

耀一朗はようやくキスの嵐から菖蒲を解放すると、「お前を抱きたかった」と告げズボンをずり下ろした。

赤黒い雄の証はすでに女体を求めていきり立っている。

「よ、ういちろう待っ……」

耀一朗は蜜で濡れたそこに自身の分身を宛がうと、菖蒲が止める間もなく隘路に一気に突き入れた。

菖蒲は大きく目を見開いた。

「……やっと呼んでくれたな」

「あっ……あっ……」

せっかく吹き込まれた息が圧迫感で押し出されてしまう。

「……菖蒲」

耀一朗は菖蒲の脇近くに手を置き、更にぐっと腰を突き上げた。

「ひっ……あっ……んあっ……」

激しい動きに翻弄され乱れた黒髪があちらこちらに散る。

首を横にいやいやと振ったが、本当は嫌ではないし、それ以前に抵抗にすらならない。

「あっ……いっ……ひいっ……」

畳で背が擦れたが痛いと感じる余裕などなかった。

強烈な快感に足袋の脱げていない爪先がピクピクする。大きな目から涙が零れ落ちる。

「菖蒲……！」

耀一朗は背と腰に手を回し、これ以上ないほど体を密着させた。同時に菖蒲の唇とすべての自由を奪う。体の奥に灼熱の飛沫が浴びせられる。

「ん……んっ」

——熱い。熱くて堪らない。

口の中を掻き回されて唾液が入り交じり、同時に隘路も二種類の粘液でぬかるんでいるので、ぐちゅぐちゅ聞こえる音がどちらのものなのかわからない。

このまま一つに溶け合って、自分が自分でなくなってしまいそうだったが、耀一朗となら構わない。

そう途切れる寸前の意識で考えた直後に、不意に唇も体も離れたので驚いた。

「耀一朗……?」

前触れもなくずるりと肉棒を引き抜かれ、内壁に加えられた摩擦に身を捩る。

「ひいっ……」

空洞となった隘路からは白濁と愛液が入り交じった液体が漏れ出た。

「……まだだ、菖蒲」

耀一朗は声を失い、だらりと弛緩した菖蒲の体を畳の上で俯せに反転させた。

「まだ、足りない」

剝き出しの臀部にぐっと指先が食い入る。

「あっ……」

力尽くで腰を抱え上げられたので、なんとかバランスを取ろうとして畳に両手両足をつく。

獣と同じ四つん這いにさせられ、更に尻を耀一朗に向かって突き出す姿勢になる。

さすがに不安定なので思わず体を起こそうとしたが、次の瞬間腰をぐっと引き寄せられ更に背後から深々と貫かれ、衝撃に近い快感にまた息を呑んだ。

「……っ」

逸物が最奥に達したのがコリッとした感覚でわかる。

「あ……あっ……」

しかも、肉棒の先端が向かい合っての行為とは微妙に違うところに触れている。

ぐぐっと力を込められると腹の奥からゾクゾクとした感覚が這い上がってきた。

「ひいっ……」

今までにない快感を覚えて小刻みに体が震え出す。

「……そうか。ここ、気持ちいいんだな」

「ひゃっ……」

耀一朗の熱い吐息が背にかかる。それだけでまた菖蒲の体がビクリと跳ねた。もはや全身が性感帯になっていた。

「俺も、すごく、気持ちいい……」

耀一朗は更に力を込めて肉棒をぐいぐいと根元まで奥に押し込んだ。かと思うと抜ける寸前まで引いて再び深々と埋め込む。

「あっ……あっ……ああ……っ」

口にすら力が入らず開けっぱなしになり、畳に唾液が落ちる。四つん這いになった手足も小刻みに震えて崩れそうになる。

菖蒲が限界なのを察したのだろうか。耀一朗は背後から繋がったまま菖蒲の両手をぐっと引いた。

「あっ……」

その拍子に隘路がきゅっと締まる。

「くっ……」

耀一朗は苦しげに呻いたかと思うと、また激しく腰を叩き付けた。

パンパンと肉と肉がぶつかり合う音の間に、雨の音と二種類の粘液がぐちゅぐちゅと掻き混ぜられる音が交じる。

「あっ……耀一朗っ……」

菖蒲がいやいやと首を横に振ると、長い黒髪が乱れて汗に濡れた肩に張り付いた。

「あっ……あっ……ああっ……」

顔も見えないのに耀一朗がどんな表情なのかがわかる。

獣のように目をギラつかせ、それでいて愛おしげな眼差しをしているのだろう。

わかっていたが、それでも耀一朗の顔を見たかった。

「耀一朗っ……」

振り返り、涙の浮かぶ黒い瞳で耀一朗を見つめる。

耀一朗はライトブラウンの瞳で菖蒲の視線を搦め捕り、ポツリと一言「好きだ」と告げ

た。

「お前のどんな顔も、どうしようもなく好きだ」

同じことを考えていたのかと菖蒲の胸が歓喜に満たされる。

だが、直後に肉棒の先で最奥を抉られて目を見開いた。

「そんな……ぁ……あっ……！」

背筋を弓なりに仰け反らせたが、耀一朗に更に腕を引かれて離れられない。

熱が子宮から脳髄にかけて駆け上がり、全身を溶かし、視界は真っ白に染まる。同時に目の端にチカチカと火花が散った。

「……」

菖蒲はぐったりとして瞼を閉じたが、耀一朗はまだ菖蒲の手を離そうとしなかった。


雨の音が聞こえる。

「う……ん」

菖蒲は瞼を開けて辺りを見回した。体の上には途中で剝ぎ取られた肌襦袢が掛けられている。

「耀一朗？」

弱い日の光が差し込んでいるので、夜明けから少し経った頃か。

耀一朗はすでにシャツとズボンを着ており、障子を開け放って庭に降る雨を見つめていた。

「何を見ているの？」

肌襦袢と長襦袢を着直し、胡座を掻く耀一朗の隣に腰を下ろす。

「雨が降ると月も太陽も見えないな」

昨日は同じくらいの時間帯に半月が見えたのにとぼやく。

「昨日の日中も雨でずっと太陽が見えなくて、お客様が晴れた海を見たかったたって残念がっていたわ」

何を思ったのか耀一朗がわずかに目を見開き、顎に手を当ててぽつりと呟く。

「雨が降ると太陽も月も見えない……」

くるりと振り返り何かをじっと見つめる。

どうやらあの床の間の掛け軸が気になっているようだった。

「どうしたの。あの絵が気になるの？」

「う……ん。まあ、あの絵の由来を想像してみたんだ」

「私も色々考えたわ。どうして雨なのかとか、あのカップルは恋人になる前どんな関係だったのかとか、どうして大月の家に残っていたのかとか」

「……」

耀一朗は「まあないよな」と肩を竦めた。

「耀一朗はどんな由来を思い描いたの？」

「ロマンチックすぎて言う気にならない」

「えっ、どうして。ロマンチックって素敵じゃない。ねえ、教えて」

滅多にない菖蒲のおねだりに珍しく耀一朗の目が泳ぐ。

「有り得なすぎるから」

「そんなのわからないじゃない」

菖蒲がこれでもかと耀一朗の腕に抱き付いた次の瞬間、かたわらに置いていたジャケットのポケットが小刻みに震え出した。

「電話みたい」

「こんな朝に誰からだ……って日和？」

耀一朗は懐からスマホを取り出し耳に当てた。しばらく話して「なんだと」と声を上げる。

「わかった。なんとかしてやる。だから落ち着け。すぐに折り返し連絡するから待機していろ」

「何があったの？」

電話を切った耀一朗に尋ねると、「日高旅館の古株の従業員が一斉退職したらしい」と、とんでもない答えが返ってきた。

中には仲居が五名含まれているのだとか。

「おまけに今日宴会が一件入っている」

日高旅館が危機にある中で予約を入れてくれた団体客だ。こんな状況でも信頼してくれ、大口の予約を入れてくれる貴重な顧客に違いない。

その顧客まで離れてしまえば日高旅館はどうなるか——。

「耀一朗、人員確保はできそうなの？」

「二、三人ならなんとかなるが、さすがに五人は……」

菖蒲は「今日私休みなの」と胸に手を当てた。

「私を使って。必ず役に立つから」

日高旅館に足を踏み入れるのは初めてだ。

フロントでずっと待っていたのだろう。日和は菖蒲と耀一朗の姿を目にするなりよろめきながら駆け寄ってきた。

「私のせいで……」

菖蒲は日和の両肩に手を置き、落ち着いた優しい声で話し掛けた。

「日和ちゃん、落ち着いて。何があったのか話して」

「……」

ベテランの従業員たちは自分の言うことを聞かず、古株と新参もの、二派閥どちらの味方なのか、どっちつかずのに業を煮やし強硬手段に出たのだという。

「お母さんを戻せって言われたんだけど、そうなると今度は若い人たちが反発してしまう……」

いずれにせよ今夜の宿泊客と宴会を捌くためには人手が足りない。窮地に陥りやむを得ず耀一朗に救いを求めたのだと。

「今二人知り合いの仲居がピンチヒッターに来るから」

「ありがとう。でもそれでも足りなくて――」

「――私も仲居をやるから制服の着物を貸して」

菖蒲の申し出に日和が大きく目を見開く。

「でっ、でも先輩は月乃屋の……」

「そんなことを言っている場合じゃないわ。日和ちゃん、私に指示してちょうだい」

「そんな先輩に指示なんて」

「しゃんとしなさい」

菖蒲が凛とした声で日和を叱り付けた。

「あなたは今日女将代理で日高旅館の顔なのよ。今まで頑張ってやって来たんでしょう？

できないことばかりじゃなかったはずよ。自信を持ちなさい」

日和ははっとしてその場に立ち尽くした。

「私、私……」

「女将代理、私は何をすればいいですか？」

日和がぐっと拳を握り締める。

「……更衣室の右端のロッカーに予備の着物があります。S、M、Lサイズがあるので体に合うものに着替えて事務所に集合してください」

「わかりました」

耀一朗もスーツの上着を脱いで日和に尋ねた。

「俺は料亭を手伝います。料理長はもう厨房ですか？」

しかも敬語である。

兄のその態度で日和は自分が何をすべきかを自覚したのだろう。

「はい。よろしくお願いします。料理長には連絡しておきますので、そちらの指示に従ってください」

菖蒲は早速更衣室に行くと予備の着物に迅速かつ丁寧に着替えた。

日高旅館の仲居向けの着物は無地のみ空色。明るく晴れた空を思わせる薄い青だ。

私は今から日高旅館の仲居なのだと自分に言い聞かせる。

事務所に向かうともうピンチヒッターの仲居が揃っていた。

年齢と雰囲気からそれなりに仲居の経験があるのだとすぐにわかる。

しかし、辞めなかった二十代、三十代の仲居たちはまだ勤務一年目、長くて二年目で経験が浅く自信がなさそうに見えた。

菖蒲はまだ全員が集合していないうちにと、日和を廊下に連れ出し耳打ちをする。

「女将代理、朝食はまとめてお出しするので今のままで構いません。でも夜は担当のお客様について順に料理を提供する形ではなく、料理ごとに担当を決めた方がいいと思います」

日高旅館の顧客は食通が多く料理の解説を求める。どこで採れた食材で、どのような調理法で、料理長はどんなこだわりがあってこの料理を提供しようと思ったのかと。

日和は真剣な顔で頷いた。

「わかりました。その方が覚えやすいからですね」

「はい。一、二種類なら皆詳しく説明できるはずです」

日和はイレギュラーな事態の連続で動揺していたが、やはり日高旅館の女将代理。一度覚悟を決めるとてきぱきと動けるようになっていた。真剣な顔でメモを取って「他に注意点はありませんか?」と聞いてくる。

菖蒲は事務所に戻る日和の後ろ姿を見ながら、女将になったばかりの頃を思い出していた。

(……あんな風にがむしゃらだったな)

小百合のようなカリスマ女将を目指してうまくいかず、ひたすら一人でもがき苦しんでいた。だが、今は耀一朗が隣にいて支えてくれる。

誰かの手を借りてもいい、頼ってもいいのだと思える。カリスマではなく自分らしい女将になればいいのだとも。

(日和ちゃん、頑張れ)

月乃屋も日高旅館のライバルでい続けられるよう、今後も励まなければならないと頷いた。

日和と耀一朗、ピンチヒッターの仲居たちの奮闘もあって、朝食と昼食、チェックイン客がもっとも多くなる時間はなんとかこなせた。

問題は夕食である。

夕食会場は団体客向けの宴会場と宿泊客向けの料亭に分けられている。

朝の打ち合わせで決めたように一見客の多い料亭には新人を配置し、常連客で構成される宴会場にはピンチヒッターが中心になって対応することになった。菖蒲もそこに含まれている。

十九時から始まった宴会はまさに戦場。

酒飲みが多いということもあってビールや日本酒、カクテルがたちまち空になってしまう。

「仲居さーん、お水か冷たいお茶くれないかな」

「はい、ただ今お持ちします！」

「仲居さん、妻がトイレに行きたがっているのですが、少々足が不自由なので介助していただけませんか」

「かしこまりました。どうぞこちらへ……」

菖蒲も大忙しである。

特に日和は女将代理として顔を覚えられているからか、客に間髪を容れずに呼ばれ対応している。

「女将代理ー、俺の分の蟹掬うアレ来てないんだけど」

「申し訳ございません！　ただ今お持ちします！」

他の仲居も菖蒲も料理やアルコールを運ぶだけではなく、イレギュラーな対応をいくつもしなければならない。

「仲居さん、悪いけどビールもう一本！」

「別のものが対応しますので少々お待ちいただけますか？」

菖蒲は密かに唇を噛み締めた。

(あと一人、二人従業員がいればもっと満足がいく対応ができるのに)

このままでは客を待たせてしまう――そう悔しく思った次の瞬間、「お待たせいたしました」と客にすっとビール瓶が差し出された。

「えっ」

「おやっ！　女将じゃないか」

まさかと思わず振り返る。

日高旅館の女将にして耀一朗と日和の母――日高千晴その人だった。

白髪が交じり始めた灰色の髪をきりりと結い上げ、熱海の夕方の海を思わせる茜色の着物を身に纏っている。

(ちょっと待って。入院していたんじゃなかった⁉)

「なんだ、復活したのかい⁉」

「オホホ、皆様のお顔を拝見したかったのですよ」

千晴はすっと正座をして客のグラスにビールを注いだ。

さすが老舗旅館の女将。

菖蒲が小百合とともに尊敬するその人は、長年その地位に立っていた者にしかない風格があった。

客が女将の顔を知っているところからして、昔からの常連客なのかもしれない。

菖蒲はしばしぽかんとしていたが、やがて我に返って顔を青ざめさせた。

月乃屋と日高旅館は三百年に亘るライバルで、千晴も月乃屋の先代女将にして亡き母の小百合をライバル視し、なんとか打ち負かそうとしていたと聞いている。当然娘の自分に対してもいい印象は抱いていないだろう。更に耀一朗との結婚を反対されている。

冷たい汗が背筋を流れていく。

なぜ月乃屋の女将がこんなところにいるのかと罵倒されないか。

ところが千晴はまったく菖蒲を咎めなかった。

それどころか、「ここはいいからお客様を連れて行って差し上げて」と菖蒲の肩をポンと叩く。更に「そうそう、戻る時追加のおしぼり持ってきて」とにこやかに指示する始末である。

菖蒲は拍子抜けしつつも老婦人の介助のためにともにトイレに向かい、言われた通りにおしぼりを手に戻ってきてまたぎょっとした。

（お、お父さん⁉）

なんと入院していたはずの幹比古が日高旅館の半纏姿で接客しているではないか。

「こんな爺のお酌ですみませんねえ」

「いやいや、それも乙なものだよ。ところでどこかで見た顔な気がするんだけど、爺さんは有名人なのかい？」

「ははは、まさか。年金暮らしでは少々厳しいので雇ってもらっているんですよ。あるばいとってやつです」

日高旅館は大月家にとっては敵地なのだ。なのに、月乃屋の番頭が日高旅館の半纏を着て、ビールを注いでいるなどと誰が思うだろうか。

「すみませーん！　炭酸水ってありますか？」

「はい、ただ今お持ちします！」

しかしそこは旅館の仕事に慣れた菖蒲。客に呼ばれるとすぐさま仲居モードに切り替えた。

ようやくすべての料理を出し終え、ラストオーダーの時間になったのはそれから一時間半後。

客も腹が落ち着いたのか皆酔って寝るなり談笑をするなり大分静かになっていた。

（そろそろご希望のお客様には熱いお茶を淹れようかしら）

菖蒲がそう考えタイミングを見計らっていると、客と何やら話していた千晴がすっと立ち上がった。宴会芸を披露する舞台に腰を下ろし、畳に手を突き深々と頭を下げる。

「このたびは日高旅館にご来館いただきまことにありがとうございました。何かと世知辛い世の中ではございますが、皆様のご愛顧のおかげで今日まで日高旅館の看板を守ることができました」

皆一斉にシンとして女将の言葉に耳を傾けている。

「再びいらっしゃったお客様にはもう一度お会いできればと思いますし、今日初めてご縁をいただいた方にはまた日高旅館にお越しいただければ大変嬉しゅうございます。ですが、本日を以て引退させていただく私には叶わぬ夢」

今度は打って変わってざわつき出す。

「なんだ、本当に引退しちゃうのかい？」

「てっきり復帰すると思っていたんだけどな～」

女将は顔を上げて微笑みを浮かべた。

「そして、この夢は今後新たな女将となる日和に託すつもりです」

ビール瓶の片付けをしていた日和が見開いた目を千晴に向ける。

「日和、いらっしゃい」

名前を呼ばれた途端、日和の表情がしゃんと引き締まった。しっかりとした足取りで舞台に上がり千晴の隣に並ぶ。

「ただ今女将よりご紹介いただきました仲居頭でした日高日和と申します」

丁寧に頭を下げるその姿は不安で震えていた日和とは別人だった。

「ご覧の通り未熟者ではございますが、日高旅館を引き立てていきたい——その思いは変わりありません。今後とも末永くお付き合いのほど、どうぞよろしくお願いいたします」

「よっ！　新女将！」

客の一人が拍手を始める。

すると皆が一斉に手を叩き、祝福の言葉を述べ、いつしか会場内は今日一番賑やかになっていた。

(日和ちゃん、よかったね)

菖蒲も感極まって手を合わせる。

ところが途中、背後から「たいしたものだな」と幹比古の声がしたのでぎょっとした。

幹比古はまだ半分入っているビール瓶を手にしている。

「お、お父さん……」

「今はまだまだ危なっかしいがあれはいずれ遣り手の女将になるぞ。千晴さんや小百合の若い頃にそっくりだ。うん、お前にもか。菖蒲、負けるなよ」

「ちょ、ちょっと待って」

菖蒲はクラクラする頭を押さえつつ機嫌のよさそうな幹比古に尋ねた。

「どうしてお父さんがここにいるの。さっきびっくりしたんだから」

「お前こそどうして日高旅館の仲居の格好なんかしているんだ」

「……」

確かにと心の中で頷いてしまう。

結局互いに説明できたのは一通りの業務を終えて日付が変わってからだった。

翌日の午前十時、菖蒲と耀一朗と日和、そして幹比古と千晴は他に人のいない料亭の個室で祝杯を挙げた。と言っても日本茶とコーラと烏龍茶とオレンジジュースでだが。

菖蒲は心を落ち着けるため日本茶を一口飲み、早速幹比古に事情を問い質した。

「私は耀一朗から聞いて手伝いに来たんだけど、お父さんはどうして来たのよ」

幹比古はオレンジジュースを飲み干し、病院で千晴と会う機会があったのだと打ち明けた。

「何せ病室が同じ階だったからなあ。会うと言っても会釈されるだけでほとんど無視されていたが」

幹比古はもう菖蒲と耀一朗の結婚を認めている。できるなら耀一朗にも千晴に認められ、祝福されて婿入りしてほしい——その一心で院内ですれ違うたびしつこく話し掛けていたのだとか。

「当然だけどけんもほろろでね。俺は翌日退院することになって、受付で会計をしていたら千晴さんが青ざめた顔で電話を切ったところでさ」

千晴はもう数日入院していた方がいいと言われていた。ところがその場で真っ直ぐに受付に向かい、今すぐ退院するので手続きをしろと迫ったのだとか。

さすがに放って置けずに千晴を受付から引き剝がし、何があったか聞いてみると日高旅館の危機だという。

『私の代で潰すわけにはいかないんです。無事日和に継がせるまでは……』

「そんな事情を聞かされたら手伝わないわけには行かないだろう」

幹比古は自分が助っ人に行くから千晴は入院していろ。無理をするんじゃないと一応止めたそうだ。

しかし、よほど日高旅館と日和が心配だったのか、結局千晴も幹比古のあとを追って強引に退院してしまった。

「まったく頑固な人だねえ。小百合を思い出したよ。女将はどこも性格が似通ってくるのかな」

一方、千晴は少々気まずそうだったが、コホンと咳払いをすると気を取り直して茶を飲んだ。

「まったく、私が頑固なら月乃屋さんは番頭さんも女将さんもとんだお人好しですよ」

ライバルに加勢するなど有り得ないと唸る。

しかし、幹比古に続いてこう突っ込まれると反論できないようだった。

「でも、同じ立場なら千晴さんも私たちを助けてくれたんじゃありませんか」

「……」

「ライバルだからこそなんとなくわかるんですよ。それに、俺は単なるお人好しじゃありません。月乃屋の番頭で商売人です」

幹比古はニヤリと笑って懐から何かを取り出した。

「あっ、お父さんそれって」

菖蒲と耀一朗の結婚式の招待状だった。

「千晴さん、今回の手伝いのあるばいと代は必要ありません。と言いますか、出そうとしても受け取りません。代わりに日和さんと一緒に菖蒲と耀一朗君の結婚式に出席してください」

この交渉には耀一朗も「そう来たか」と笑った。

「なあ、おふくろのポリシーの一つって『恩は必ず返す』だったよな。もちろん今回の恩も返すよな?」

「あの……」

日和がおずおずと口を挟む。

「お母さん、私も結婚式に列席したい。先輩の花嫁姿見てみたいし、そこでまた新しいご縁ができるかもしれないでしょう?」

まさか娘に諭されるとは思っていなかったのだろう。千晴は目をわずかに見開いていたが、やがて苦笑いとも微笑みとも取れる笑みを浮かべた。

「……女将の言うことなら仕方がないわね」

大月家と日高家の東京での披露宴が執り行われたのはその年の小雨の降る秋の日のこと。すでに三ヶ月前に婚姻届を提出し、耀一朗は姓が日高から大月に変わっていた。

挙式は大月家が先祖代々世話になっている熱海の神社で、披露宴は瀬木の提案通り熱海と東京、二ヵ所で執り行うことになった。

意外だったのは日和が東京の披露宴にも列席したことだ。

多忙ゆえに先に行われた月乃屋での披露宴だけかと思いきや、「お兄ちゃんのタキシードと先輩のウェディングドレス姿も見たい！」と強引に休みをもぎ取ってきたのである。

なお、元女将の千晴もやって来た。

「ずーっと遊びに出かけることなんてできなかったし、それに私もドレス着てみたかったのよ。これから人生楽しみたいしね」

そう言ってトレードマークだった着物ではなくライトパープルのロングドレスでやって来たのだから驚いた。

しかし、何より招待客の視線を奪ったのは、やはり菖蒲のウェディングドレス姿だった。

「それでは、入場口にご注目ください。——新郎新婦、ご入場です！」

バンケットルームの扉が開け放たれ、耀一朗の腕を取った菖蒲が現れる。

その気品ある優美な立ち姿に皆がほうと見惚れた。

光沢の美しいシルクの純白のドレスだった。

レースやフリルはなくドレープで魅せるシンプルなデザインで、花嫁自身の美しさと柔らかな体のラインを引き立てている。

だが何よりも菖蒲を美しく見せていたのは輝くような笑顔だった。


同じく旅館関係者の招待客の一人が溜め息を吐く。

「月乃屋と日高旅館が縁組みするなんてなあ」

隣の席の招待客もうんうんと頷いた。

「生きていると世の中色んなことがあるもんだ。キーさん、俺はなんか持病が寛解して長生きできそうな気がしてきたよ」

「それだけじゃない。宝くじが当たるかもしれんぞ。明日買ってこないとな」

それにしてもとキーさんがちらりと窓の外に目を向ける。

「せっかくの披露宴だったのに雨っていうのが残念だな」

外では弱い雨が降っている。

太陽と光を好む日高家は文字通り晴れの日を縁起のいい日と見なしている。

ところが向かいの席の招待客が「いやいや、そうでもない」と話に割り込んできた。

「大月家では結婚式は雨の日がいいって話だよ」

「ほう、それは面白いな。またどうしてだい」

「さあ……。大月家も日高家も謎が多いからなあ」

「まあまあ、そんなことどうでもいいじゃないか。久々に上京したんだから東京の酒を楽しもう」

司会の声が三人の会話を遮る。

「これよりは皆様のお近くを通りながら、メインテーブルへとお進みになります。皆様どうぞ、お二人に更なる祝福をお送りください！」

招待客らは慌てて手を叩いた。


披露宴はつつがなく進行し、やがて歓談の時間となった。

理事長が頭と顔をテカテカ光らせながらビールを注いで回っている。

「いや〜！　今後も熱海の温泉旅館、およびホテルをよろしくお願いします！　ええ、ええ！」

仲人を任されて相当張り切っているらしかった。

そんな理事長の脇をすり抜け、高砂の菖蒲と耀一朗のもとに早速日和が駆け寄る。

「先輩……じゃなくてお義姉さん、すっごく綺麗です！　やっぱりウェディングドレスもよく似合っている！　月乃屋で着いていた打ち掛けも素敵だったし！」

「もう、褒めすぎ！」

「だって本当のことですから！」

それにしてもと日和が高砂席の背後に目を向ける。

そこには間仕切り壁が置かれ少々変わった掛け軸がかけられていた。

「この掛け軸ってなんですか？」

大月家の応接間に飾られていた男女二人が描かれたあの掛け軸である。

「こんな日本画初めて見ました。雨が降る中、相合い傘の江戸時代カップル……何かの縁起物なんですか？」

「それが父も知らないって言うの。由来も全然伝わってなくて」

ところが、大月家当主の挙式、あるいは披露宴の際には、この掛け軸を必ず飾るようにと言い伝えられている。

「由来は残っていないのに決まり事はあるって変ですね。普通セットになっている気がするんですけど……」

「一度大学の歴史学の教授に鑑定をお願いしてみたんだけど、やっぱりわからないって言われたの。でも、綺麗だし幸せそうだから」

日和はもう一度掛け軸に目を向けた。

「そうですね。すごく幸せそう……」

雨に降られて和傘の下で笑う男と女は、確かに今日の菖蒲と耀一朗と同じくらい幸福に見えた。


その夜菖蒲と耀一朗は披露宴を行ったホテルに宿泊した。

明日から三泊四日の新婚旅行に行く予定だ。行き先は菖蒲がずっと憧れていた北海道《ほっかいどう》。

月乃屋の従業員たちがお祝いにと休日をプレゼントしてくれた。

菖蒲はベッドに腰かけながら「明日が本当に待ち切れない」と微笑んだ。

「クラーク博士像でしょ、時計台でしょ。北海道はグルメも楽しみ。ジンギスカンとか焼きとうもろこしとかバター醤油ラーメンとか……」

バスローブ姿の耀一朗が菖蒲の肩を抱き寄せる。

「すっかり濃い味に慣れたな」

「もう、耀一朗のせいよ」

菖蒲は頬を膨らませながら耀一朗を見上げた。

耀一朗も菖蒲を見下ろし黒とライトブラウンの視線がぶつかり合う。

どちらからともなく唇を重ねる。

「……ん」

衣擦れと長い黒髪が乱れる音に窓の外の雨音が重なる。

その音を聞いていると菖蒲の心はみるみる熱い思いで満たされていった。

——耀一朗とはもうとっくに肌を何度も重ねているが、今夜はなぜか初めて抱かれた時のような気持ちになり、菖蒲はバスローブを脱ぐのを躊躇ってしまった。

「どうした?」

すでにベッドの縁に腰を下ろした耀一朗が首を傾げる。

「う……ん。なんだか恥ずかしくなっちゃって」

もう意地を張る必要もないので素直に打ち明ける。

すると、耀一朗は「お前、やっぱり可愛いな」と唇の端を上げた。

「ほら、来いよ」

菖蒲の手をぐいと引く。

「きゃっ」

菖蒲はベッドの上に転び、更に耀一朗の膝の上に頭を乗せられてしまった。

「俺もそんな気分」

「……」

互いにくすくすと笑い合う。

「せっかくだから初めてのことがしたいな」

「例えば？」

「そうね」

菖蒲の脳裏にぱっとアイデアが浮かぶ。

しかし、いやらしすぎて自分から口に出すのは憚られた。

「どうしたんだよ」

「えっと……ちょっと……」

不意に視界が閉ざされ真っ暗になったので驚く。耀一朗にキスされたのだと気付いた時にはもう唇が離れていて、ライトブラウンの瞳が睫毛の触れる距離にあった。

「エロいことなら俺に任せろ。やっぱり男がリードしなくちゃな」

そう言われると菖蒲の負けず嫌い根性が頭をもたげてくる。

「待って……！」

菖蒲は耀一朗のバスローブの襟をぐいと引いた。

「ねえ、今日は私からさせて？」

この提案にはさすがの耀一朗も度肝を抜かれたらしい。「お前が？」と切れ長の目を丸くして菖蒲をまじまじと見つめた。

「でも、大丈夫か？　無理しなくてもいいんだぞ」

そう心配されるとますます張り切るのが菖蒲である。

「もう、本当によく私のことをわかっているのね」

菖蒲は体を起こして耀一朗を押し倒した。

「……嫌？」

「いや、まさか」

耀一朗は笑いながら手を伸ばして菖蒲の頬を撫でた。

「煮るなり焼くなり好きにしてくれ」

果たしてうまくできるかどうか不明だったが、ここまで来てしまえばやるしかない。

菖蒲は腰帯をするりと解いてバスローブをぱさりと落とした。まだシャワーの熱でしっとりとしている豊かな乳房が露わになる。

耀一朗が感嘆の声を上げる。

「……いい眺めすぎる」

「もう、黙っていて」

菖蒲は耀一朗の唇をキスで塞いだ。

「ん……」

その間に耀一朗のバスローブを脱がせる。

「確かに脱がされるのは初めてだ。……こんな気分だったんだな」

「悪くないでしょう？」

菖蒲は耀一朗の腰に跨がると、手を取り自分の乳房に触れさせた。

「ね、私も触っていい？」

「……もちろん」

菖蒲は厚い胸板にそっと両手を当てた。

「……ドキドキしている」

「当たり前だろ」

菖蒲の乳房を覆う耀一朗の右手に力が込められる。

「いつも無茶苦茶緊張してるんだぞ。まあ、始めると全部頭から吹っ飛ぶけどな」

なんとも耀一朗らしいセリフだった。

「……もう」

菖蒲は苦笑しながら耀一朗の足の間に屹立した赤黒い雄の証を見下ろした。

(本当にこんな大きなものが自分の中に入っていたの？)

信じられなかったが今まで特に支障なく抱かれてきたのだ。大丈夫だと自分に言い聞かせてみずからの蜜口をその先端に宛がう。

「……っ」

潤った蜜口の感触に耀一朗の眉が歪む。

菖蒲は耀一朗の胸に手を当て、覚悟を決めるとその逸物に体重を預けた。ぐちゅりと体内に濡れた音が響く。

「あ……あっ……」

ズブズブと真下から貫かれる衝撃で背筋に震えが走る。

危うくくずおれそうになったところを、耀一朗が咄嗟に腰を摑んで支えてくれた。

「よ、ういちろう……」

「……だから、無理するなって言っただろ」

耀一朗はそのまま菖蒲を上下に揺すぶった。

「あっ……やっ……あンっ……」

耀一朗は隘路を押し広げるように肉棒を大きくグラインドさせた。そのたびに耀一朗の分身の形が菖蒲の肉体の記憶に刻み込まれていく。

「だ……め……私……もうっ」

「えっ……」

菖蒲が耀一朗の上に倒れ込む寸前で、耀一朗が「任せろ」と唇の端を上げた。

次の瞬間、世界がぐるりと反転する。

ろされていた。

位置を入れ替えられたのだと気付いた時には、もう耀一朗のライトブラウンの瞳に見下ろされていた。

「菖蒲……」

名を呼ばれながら首筋に口付けられる。更にぐっと腰を突き上げられ、声を失って目を見開いた。

「やっぱりお前を抱くと、俺絶倫になっちまう……」

ベッドが小刻みに軋む音に雨の音が入り交じる。

「よ、耀一朗ぉ……。は、激し……」

菖蒲の両手は初めは耀一朗の肩を掴んでいたが、やがて快感に耐え切れずにベッドの上にパタリと落ちた。

(これじゃ……また……してもらってばかりじゃない……)

だが、もう抗議する気力など残されていない。

「あっ……あっ……はっ」

片足を持ち上げられて肩に乗せられ、更に深いところをこじ開けられ、もう快感しか覚えられなくなっていた。

「おかしく、なっちゃう……」

「俺も、だから、安心しろ」

掠れた途切れ途切れの声が耳に届く前に、腹の奥に熱い飛沫を浴びせかけられ、快感の稲妻が駆け上っていった。

「あ……あっ」

遠くで耀一朗の声が聞こえる。快感以外の感覚が曖昧になっても、不思議とその声だけはよく聞き取れた。

「菖蒲……好きだ」

幸福に胸が震え喜びで満たされる。

「私も……好き。あなただけが大好きよ」

エピローグ

今から三百年前、江戸では温泉で病を癒やそうとする「湯治」が盛んだった。

特に熱海は江戸から近かったこともあって、数多くの旅人が訪れ栄えた。

さて、その熱海には二軒の由緒ある旅籠《はたご》があった。

月乃屋と日高旅館の前身、日高屋である。

いずれも大名や旗本の予備宿、脇本陣だった。

もちろん互いを意識していなかったわけではないだろう。

しかし、当時はおのおのの領分を守って商いをしていたため、商売仇と言うほどでもなかった。

ところが何代目の頃なのか、同じ年に月乃屋には息子が、日高屋には娘が生まれた。

双方ともに子は一人きりだったため、必然的にその子が跡取りとなる。

更にこの二人が何がきっかけだったのか、情けを交わすようになったのだ。

当然のことながら両家の親は猛反対。跡取りを取られてなるものかと二人を引き裂こうとした。

そして、この二人も家を捨てることができなかった。

一時はこの世で結ばれぬものならば、あの世でと心中を考えたこともあった。

だが、可愛がってくれた祖父母や世話を焼いてくれたねえやのことを思うと躊躇してしまう。

月乃屋の息子も日高屋の娘も責任感が強すぎ優しすぎた。自分のためだけに生きることも死ぬこともできなかったのだ。

二人は泣く泣く最後の逢瀬ののち別れを選んだ。

その日は雨が降っていた。

待ち合わせ場所に先に来ていた娘は、後ろから傘を差し伸べられて驚いた。

それは思い人の月乃屋の倅だった。

『太郎《たろう》さん、ありがとう』

娘は柔らかに微笑んだ。

泣き顔など見せたくはなかった。思い人には笑顔の美しい姿だけを覚えていてほしかったのだ。

息子もそれをわかっていたのだろう。同じように微笑みながらこう呟いた。

『ずっと雨が降っていればいいのにな』

雨は月も太陽も隠してしまう。だから雨の日だけは月乃屋の息子であることも日高屋の娘であることも忘れ、ただの男と女になれるのだと。

『もう二度とお会いしません』

娘は男の胸に寄り添って呟いた。会えないのではなく会わないのだと。

『天地神明に誓ってあなたの名も口にしません』

恐らく自分は今度婿を取り日高屋を継ぐことになる。このような気持ちでいては相手にも悪い。すべてを忘れるよう努めると。

男も娘がそう望むのならと頷いた。

『私も二度と夢の中でもお前に会わない。名を呼ばない』

そうでもしなければ恋しくて堪らなくなってしまうと。

視線を交わして再び抱き合う。

『いつか、私もあなたも儚くなったずっとずっと先……私たちの血が交わることがあればなんと幸せでしょう』

叶うことなどほとんど有り得ない夢だった。

だが、今はその夢を信じたかった。

『ならばその時まで大月家の血を絶やすことはできないな』

『ええ。私もあなたも家を守り立てていきましょう』

そのために互いに切磋琢磨していこう——そう誓って二人は別れた。

まさかこの時の「互いに切磋琢磨しよう」という誓いを家訓にしたがゆえに、後年子孫に「これはライバル視しろということか」と誤解され、いつの間にか宿敵同士になるなどとは予想もしていなかった。

『待ってくれ。雨に濡れては風邪を引く』

男は娘に傘を手渡した。

『でも、これではあなたが濡れてしまいます』

『構わない。水も滴るいい男というだろう?』

男が最後に見た娘の表情は笑顔。娘も男の最後の微笑みをその目に焼き付けた。

男は晩年、知人の絵師に頼んで一枚の絵を描かせた。

娘の名を呼ぶことはもうできないが、幸福なあの一時を絵にすることはできる。

雨が降る中で慈しみ合う若い男女の絵姿を、男は儚くなるその日まで寝室に飾っていたのだという。

了

あとがき

はじめまして、あるいはこんにちは。東《あずま》 万里央《まりお》です。

このたびは『崖っぷち若女将、このたびライバル旅館の息子と婚約いたしました。』をお手に取っていただき、まことにありがとうございます。


この作品を書き始めるちょっと前熱海に行ってきました。

伊豆山の温泉ホテルに、人気の金目鯛の煮付けに、レトロな平和通り商店街に……素敵な名物はたくさんありましたが、一番印象に残ったのは來宮神社でした。

この神社には樹齢二千年の大楠がございまして、見上げるとなんとも荘厳で、この木が生きてきた年月の重みを感じられます。

皆様も熱海へ観光の際にはぜひご参拝を！


最後に担当編集者様。適切なアドバイスをありがとうございました。おかげさまで無事仕上げることができました！

表紙と挿絵を描いてくださった織屋《おりや》イト先生。美男美女な二人を雰囲気たっぷりに描いていただきありがとうございます。しっとり和風美人な菖蒲の和服姿にうっとりしてしまいました。

また、デザイナー様、校正様他、この作品を出版するにあたり、お世話になったすべての皆様に御礼申し上げます。

すでに季節は秋になっているはずですが、まだエアコンが欠かせませんよね。体調を崩さず元気に過ごせることを祈りつつ……。

それでは、またいつかどこかでお会いできますように！

東　万里央

オパール文庫をお買いあげいただき、ありがとうございます。
この作品を読んでのご意見・ご感想をお待ちしております。

✦ ファンレターの宛先 ✦

〒102-0072　東京都千代田区飯田橋3-3-1
プランタン出版　オパール文庫編集部気付
東 万里央先生係／織屋イト先生係

オパール文庫Webサイト
https://opal.l-ecrin.jp/

Opal

崖《がけ》っぷち若女将《わかおかみ》、
このたびライバル旅館《りょかん》の息子《むすこ》と婚約《こんやく》いたしました。

著　者――東 万里央（あずま まりお）
挿　絵――織屋イト（おりや いと）
発　行――プランタン出版
発　売――フランス書院
〒102-0072　東京都千代田区飯田橋3-3-1
電話（営業）03-5226-5744
（編集）03-5226-5742
印　刷――誠宏印刷
製　本――若林製本工場

ISBN978-4-8296-5553-5 C0193

Opal Label オパール文庫

好評発売中!

Op5521

トロける恋旅♥
オパール文庫 ＋ PLUS
英国蜜恋旅行
Love trip to the UK
冷徹貴公子の溺愛シンデレラ
東 万里央
Mario Azuma
Illustration rera
指輪に導かれる運命の恋
イギリスで知り合った伯爵家嫡男、ヴィクター。
互いに反発する仲だったのに突然キスされて!?
美貌の貴公子と溺れる運命愛!